나는 요가하면서 산다

나는 / 요가하면서 / 산다

"우리는 함께
나아져야만 한다"

김세아 지음

가지
KINDS BOOK

목차

서울에서 요가원을 차리기까지

요기의 일상

명상하는 마음

서울에서
요가원을
차리기까지

잘나가던 에디터가
딴 길로 샌 이유

잘나간다는 게 과연 뭘까? 사전적 의미로 '잘나가다'는 '사회적으로 계속 성공하다'라는 뜻이다. 능력이 잘났다는 말이기도 할 것이고, 결국 성공했다는 뜻일 테다. 그리고 우리는 대부분 잘난 사람, 잘나가는 사람이 되고 싶어 한다. 하지만 정작 잘나가는 사람이 되었을 때는 어떨까? 그때의 삶에 충분히 만족하며 행복하게 살 수 있을까? 나는 그 상상의 끝까지는 가 보지 못했다.

나는 한때 꽤 성공한 커리어우먼이었다. 미국 드라마 〈섹스 앤 더 시티〉와 영화 〈악마는 프라다를 입는다〉가 인기를 끌 때, 꿈에 그리던 패션 잡지사에 취직해 에디터로 일하며 물질적 풍요와 화려함을 마음껏 누리는 맥시멀리스트로 살았다. 주변에는 멋진 사람부터 고급 명품들까지 흘러넘쳤고 물질적인 것은 나날이 더 풍족해졌다. 하지만 왜 시간이 흐를수록 마음은 더 공허해졌을까? 이상한 일이었다.

결국 더 이상 나를 속일 수 없는 때가 찾아왔다. 내 전체가 부분만 못해 보였다. 겉으로 드러난 모습은 너무나 완벽하고 빛이 났지만 집에 돌아오는 길에 혼자 남은 나는? 공허하고 초라하게 느껴졌다. 방금 전까지 명품 패션쇼장에 머물다 나왔건만 내 한 몸 누일 집은 작고 소박했고, 겉치장에 돈을 쏟아부은 탓에 카드 값에 허덕였으며, 일로 관계하는 사람들은 차고 넘쳤지만 마음 한구석은 늘 외로웠다. 나를 이루고 있는 대부분이 가짜였다. 완벽하고 멋진 커리어우먼으로 위장하고 있지만 내가 진정 원하고 갈망한 모습은 그게 아닌 것만 같았다.

갑작스레 찾아온 내면의 혼란과 삶의 모순은 한동안 나를 혹독하게 괴롭혔다. '대체 사람은, 그리고 나는, 왜 사는가?' 그런 질문이 머릿속을 떠나질 않았다. 직장생활에서 꽤 잘나가던 차에 나는, 갑작스레 실존적인 물음 앞에 섰다.

그 답을 얻은 것은 패션 화보 촬영을 위해 떠난 발리 출장길에서였다. 해외로 화보 촬영을 한번 가노라면, 기획과 진행을 담당하는 에디터는 몇 달 전부터 초긴장 상태가 된다. 장소 예약은 완벽한지, 원하는 스태프들의 스케줄은 차질 없이 맞춰졌는지, 모든 인원의 비행기표 예약에는 이상이 없는지, 촬영 장소와 배경의 컨디션은 어떠한지, 브랜드 협찬 의상은 빠짐없이 챙겼으며 추후 문제 될 것은 없는지, 현지에서 캐스팅할 모델은 과연 화보 시안을 잘 소화해 줄 것인지, 화보 촬영뿐만 아니라 칼럼 취재를 위한 일정은 충분한지…… 가기도 전에 신경 쓸 일이 한둘이 아니기 때문이다. 그뿐인가. 현지에 도착해 마주하게 될 새로운 사건들과 처리해야 할 일들도 산더미다.

친구들은 직업상 해외여행을 많이 다녀서 좋겠다며 부러워하곤 했지만 내 입장에서 출장은 전혀 설레거나 기쁜 일이 아니었다. 촬영을 위한 고가의 명품들과 함께 비행기에 올라탄 그 순간부터 나는 이미 지치기 시작한다.

어찌어찌 발리에 도착했다. 스태프들이 건강하고 맛있는 현지식으로 첫끼를 먹을 수 있도록 챙긴 후에 정작 나는 대충 컵라면으로 끼니를 때우고, 식사 후 풀빌라의 수영장으로 신나게 뛰어드는 스태프들을 바라보고 있자니, 이런 생각이 들었다.

'신이 났네, 신이 났어. 이 모든 과정을 조율해야 하는 스트레스나 책임 없이, 가볍게 여행하듯 와서 즐기다가 화보 찍을 때만 마법처럼 재능을 발휘하면 되니 그럴 만도 하지. 화보 진행 전체를 디렉팅하고,

한국에 돌아가서 협찬 의상도 반납해야 하고, 편집장의 핀잔도 들어야 하고, 원고까지 마감해야 하는 나는? 그다음엔 스태프들 원고료 정산이며 영수증 처리까지 할 일이 계속 이어질 나는? 으으, 직업을 잘못 택했어!'

한껏 뾰족해진 마음으로, 제발 누구 하나라도 내 마음을 알아주길 바라는 심정으로, 시위라도 하듯 수영장 근처엔 얼씬도 않고 숙소 주변을 배회하다 잠자리에 들었다.

다음 날 아침, 새소리에 잠이 깨 커튼을 열고 밖을 내다보다가 깜짝 놀랐다. 우리가 묵은 숙소가 연예인들의 단골 신혼여행지로 알려질 정도로 꽤 유명한 풀빌라라는 것은 알고 있었지만 이토록 아름다운 풍광이 바로 눈앞에서 펼쳐질 줄이야. 심술로 가득 찼을 때는 눈에 들어오지도 않던 풍경이, 맑게 갠 정신으로 바라보니 선명하게 보였다. 자연이 사방에서 싱그러운 아름다움을 뿜어대고 있었다. 마치 깎아지른 절벽의 폭포수처럼 디자인된 개인 수영장, 무성하게 자라 생명력을 뽐내는 나무들과 저 멀리 보이는 푸른 숲…….
나로 말할 것 같으면 도시가 주는 문명의 혜택에 죽고

못 사는 '뼛속까지 도시녀'였지만 바로 눈앞에서 목격한 자연 풍광은 그런 나를 감동시키기에도 충분했다.

리조트 정원에서 요가를 하는 무리가 보였다. 그 전에는 동네 스포츠센터에서 가르치는 요가만 접해 본 터라 외국인 선생님과 함께하는 야외 요가가 신선하게 느껴졌다. 아름다운 자연이 주는 바이브 속에서 하는 야외 요가라니! 근사하고 멋졌다. 당장 카운터에 전화해 어떻게 하면 요가 수업에 참여할 수 있는지 물었다. 수업을 듣고 이 체험에 관한 칼럼을 쓸 수도 있으리라. 일벌레의 머릿속에선 일단 그런 구상이 떠올랐다. 나는 당장 옷을 갈아입고 밖으로 나갔다.

수련을 하는 동안 정신이 맑아지고 온몸이 정화되는 것만 같았다. 오후에 있을 촬영일랑 까맣게 잊고 온전히 그 순간에 몰입해서 몸과 의식에 집중했다. 몸에 쌓인 긴장과 피로가 풀리고 맘속에 뭉쳐 있던 억울한 심정도 누그러지는 느낌이었다. 결국 그 후로 남은 출장 기간에는 유쾌한 기분으로 촬영과 취재를 해낼 수 있었고, 촬영 후 짬이 날 때는 스태프들과 함께 수영도 즐기면서 여행하듯 즐겁게 지내다가 돌아왔다. 책임감에 억눌려 날이 서 있을 때와는 사뭇 다른 출장

여정이었다. 그 한 번의 요가는 내게 꽤 강렬한 잔상을 남겼다.

서울로 돌아오자마자 평소 다니던 스포츠센터의 요가를 그만두고, 전문적으로 요가와 명상을 가르치는 요가원을 찾아 등록했다. 당시에는 아사나asana(요가 자세를 이르는 말)를 완벽하게 취하지도 못했고 요가의 정신에 대해 깊이 알지도 못했지만 그저 요가 하는 나 자신이 좋았다. 매일 퇴근 시간을 기다리며 당장 요가 수련을 하러 달려가고 싶다고 생각했다.

때로 수련과 명상 중에 감정이 복받치고 눈물이 쏟아져 나오는 순간도 있었다. 외부의 상황에 휩쓸려 다녔던 마음을 내면으로 돌려 집중하자 심연 속 나를 바라보고 깨울 수 있었다. 그게 치유의 시작이었다. 요가와 명상은 나의 내면에 숨죽이고 있던 영혼의 목소리를 들려 주었다.

그렇게 1년이 흘렀다. 요가를 하면 할수록 영혼의 목소리와 가까워지는 것을 느꼈고, 내 영혼이 원하는 것을 거부할 수 없는 지경에 이르렀을 때 시원하게 사표를 던졌다. 그리고 요가 유학을 떠나겠노라고 선언

했다.

가까운 지인들은 요가를 하겠다는 결심은 이해하지만 한국에서 배우거나 직장을 다니면서 해도 될 텐데 굳이 유학을 떠날 필요가 있느냐고 물었다. 그도 그럴 것이 패션 잡지 에디터는 내가 대학 졸업 후 꿈꿔 온 단 하나의 직업이었다. 에디터가 된 후 5년여 간 다른 길은 생각해 본 적도 없었고 그만큼 열심히 일했다. 그런 내막을 잘 아는 가족과 직장 동료, 업계 사람들 모두 나의 갑작스러운 전향 소식에 놀랐다.

하지만 유학을 꿈꾼 데는 그럴 만한 이유가 있었다. 발리에서 다른 언어로 경험했던 요가 수업의 기억 때문이다. 영어로 진행하는 수업인 만큼 완벽하게 이해하기는 어려웠지만 신기하게도 이후 국내에서 꾸준히 요가 수련을 할 때보다 그때 더 깊숙이 내면에 집중할 수 있었다. 그 강렬한 경험이 나를 밖으로 이끌었다. 새로운 외부 환경과 언어적 도전이 요가 수련의 폭을 확장해 줄 것 같았다. 요가라는 하나의 라이프스타일 혹은 문화가 한국에서와는 어떻게 다르게 형성되어 있는지도 궁금했다.

결국 나는 밴쿠버로 1년여의 요가 유학을 다녀왔다. 그 후로 죽 요가를 하며 잘 먹고 잘 살았습니다, 라고 이야기가 이어졌다면 좋았겠지만 인생의 행로를 급격히 트는 일이 그렇게 수월했을 리 없다. 한 번의 결심, 한 번의 퇴사로 쉽게 지금에 이르렀다면 아마도 이 책 역시 탄생하지 않았을 것이다.

어쨌거나 잘나가던 에디터는 그렇게 딴 길로 행로를 틀게 됐다.

인도가 아닌 밴쿠버로

"왜 밴쿠버예요?"

요가 배우러 밴쿠버로 떠났다고 하면 늘 돌아오는 질문이다. 요가 '유학'씩이나 떠난다면서 요가의 본원인 인도가 아닌 밴쿠버를 목적지로 택한 것이 꽤나 의외인가 보다.

그 당시 내가 파악하기로 밴쿠버는 자연이 풍요로울 뿐만 아니라 요가 문화가 발달한 곳이었다. 다양한 스타일로 가르치는 요기들이 많아 요가에 대한 시야를 넓히고 깊고 즐겁게 수련할 수 있으리라고 기대했다. 그러나 사실 내가 밴쿠버를 택한 결정적 이유는 그보다 단순했다. 요가를 앞으로의 내 일로 점찍은 그해 여름, 세계적인 요가 축제인 원더러스트Wanderlust 페스티벌이 밴쿠버에서 열릴 예정이었기 때문이다. 그리고 밴쿠버에는 내 어릴 적 친구가 살고 있었다. 보통의 여행이 아니라 1년 가까이 머물며 살아 보는 여행이자 유학길이었기에 아는 사람이 있는 곳에 자리 잡는 편이 좋을 것 같았다.

끝내 인도를 택할 수 없었던 이유도 있었다. 정통 요가를 제대로 배워 보고 싶다는 마음만큼은 진심이었지만 인도는 당시 나의 문화적 성향과 맞지 않았다.

좋다 나쁘다 하는 이분법적 판단이 아니라 예전의 내가 선호하는 곳은 아니었다는 이야기다. 나는 배낭 하나 메고 대자연과 오지를 누비는 모험적인 여행가 타입은 아니었다. 그보다는 휴가 때마다 캐리어를 끌고 휴양지나 리조트에 머물거나 역사문화 유산이 발달한 도시에서 문화적 체험을 즐기는 평범한 20대 직장인에 가까웠다. 더군다나 세상에 좋다는 건 빼놓지 않고 다 경험하고 보는 패션지 에디터였으니 세계 곳곳의 고급 휴양지들에 가 볼 기회도 많아서 눈은 높아질 대로 높아진 상태였다. 어딜 가나 쾌적하고 안락한 환경을 선호했던 내가 인도의 열악한 도시 환경에 적응할 리 만무했다. 무엇보다 그 전까지 한 번도 여행지로 고려해 본 적 없는 인도에서 그것도 1년이나 살 자신은 없었다. 또한 요가란 인도에서 출발했을지언정 이미 서양에서 다양한 방식으로 변형되고 발달하지 않았던가.

신기한 것은 사람이 변한다는 사실이다. 지금이라면 선택이 다를 수도 있다. 필요하다면 고행도 피하지 않으리라. 하지만 당시에는 이러저러한 이유들이 내 선택에 크게 작용했다.

밴쿠버는 예상했던 것보다 나와 더 잘 맞는 곳이었다. 우선 여름을 좋아하는 나에게 밴쿠버의 맑고 쾌청한 여름날은 천국과도 같았다. 바다가 늘 지척에 있고 산도 가까이 있어 자연이 주는 풍요와 자유로움을 마음껏 느낄 수 있었다.

요기로서도 밴쿠버는 천국이었다. 도시 곳곳에 요가복을 입고 요가 매트를 메고 다니는 사람들이 즐비했으며, 비건 레스토랑도 흔했다. 그 당시 한국에서 몸에 딱 붙는 요가복을 입고 편히 거리를 돌아다니는 것은 상상할 수 없는 일이었다.

요가 스타일 역시 한국에서 경험한 것보다 더 다채로웠다. 쿤달리니, 빈야사 플로우, 하타, 아쉬탕가, 포레스트, 지바묵띠 등등 이전에 한국에서 경험해 보지 못한 다양한 장르의 요가를 접할 수 있었다. 요가에 심취한 서양인들은 오히려 우리보다 더 동양사상에 관심이 깊어서 직접 인도에 가서 구루와 오랫동안 수행하고 돌아온 사람들이 많았다. 아쉬탕가 요가의 창시자인 K. 파타비 조이스K. Pattabhi Jois의 직속 제자인 라이언 레이어Ryan Leier가 밴쿠버 다운타운에 원 요가One yoga라는 아쉬탕가 전문 요가 스튜디오를 운영하고 있었고, 미국을 비롯해 전 세계적으로 유명한 프라나 빈야사의 창시자인 시바 레아Shiva Rea의 직속 제자인 클라라 로버트오스Clara Robert-oss가 YYOGA에서 가르치고 있었다. YYOGA는 캐나다에서 가장 큰 요가 컴퍼니로 세계적으로 유명한 곳이다. 이 외에도 깊은 수련을 마친 지도자들이 많았다. 나는 특히 마이크 니콜스Mike Nichols 선생님을 통해 마음 챙김을 돕는 사운드테라피 악기인 싱잉볼singing bowl 중 크리스털 싱잉볼을 처음으로 접하며 에너지 악기가 몸의 파동에 미치는 영향과 효능을 알게 됐다. 니코 루스Nico Luce 선생님은 수업 시작 전 《Tao Te Ching》이라는 책의 한 챕터를 읽어 주셨는데, 서점에서 찾아보니 도덕경이었다. 우리나라에서도 쉽게 관심을 갖기 어려운 동양철학을 서양 요가인들이 바이블처럼 읽으며 도를 닦는 게 신선해 보였다.

그 당시 한국의 요가 스튜디오에는 보편적인 인테리어 스타일이 존재했다. 수련생들이 스스로 요가하는 자세를 잘 볼 수 있도록 환한 형광등과 전면 거울로 꾸민 모습이 일반적이었는데, 밴쿠버에서는 요가원의 인테리어조차 선생님의 스타일에 따라 달랐다. 빨간 벽돌집의 아늑한 응접실 같은 분위기, 커다란 불상이 있는 경건한 분위기 등 각양각색 인테리어를 구경하는 재미도 있었다. 그들은 그 어떤 틀에도 갇히지 않고 자유로웠다. 모두가 자기만의 요가 시퀀스와 스타일을 만들어 창의적으로 수업을 이끌었고, 나는 1년 동안 여러 선생님들의 특색 있는 수업을 맘껏 즐겼다. 요가가 아니라 마치 예술을 접하는 느낌이었다.

수련하는 나의 태도도 한층 여유로워졌다. 꾸준히, 열심히 하겠다는 목표는 있었지만 쫓기는 듯한 마음이 사라졌다. 한국에서 수련할 때는 '이 동작은 이렇게 해야 해' '왜 그렇게 못하는 거니?' 하며 나를 향한 비난을 잠재울 수 없었는데, 밴쿠버에서는 동작의 완성도에 대한 강박을 내려놓고 요가 하는 순간 자체를 즐기게 됐다. 그러니 표정마저 부드럽고 편안해졌다. 요가 수업을 받고 나면 내 의식의 구조도 조금씩 바뀌는 것 같고 그것이 명상이나 다름없게 느껴졌다. 요가란 완전히 비우고 느끼는 '움직이는 명상'이라는 사실을 그때 처음으로 깨달았다. 언제나 수련에 완전히 몰입할 수 있고 즐거움과 웃음이 가득했다. 한국에서는 요가를 할 때조차 경쟁과 비교에 목을 매고 있었다는 것을 거기서 알았다. 지금 생각해 보면, 꼭 밴쿠버여서 그랬던 게 아니라 직장을 그만두고 여유로워진 마음도 한몫했던 것 같다.

밴쿠버에 머무는 동안 무엇보다 가장 크게 배운 것은 내려놓을 수 있는 용기다. 그곳으로 떠나기 전, 나는 갖고 있던 명품 옷들을 모두 친구들에게 나눠 주고 웬만한 짐도 다 처분했다. 하지만 비운 만큼 또 채워진다고, 처음에는 다시 값비싼 요가복을 사들이고 많은 요기들을 사귀고 어울리면서 새로운 욕구를 채우는 데 급급했다. 그러다가 물질적인 욕구는 무조건 죄악인 양 나를 다그치고, 왜 아직도 다 내려놓지 못했냐고 자책하기 일쑤였다. 그리고 결국에는 욕구를 무조건 억누르기보다 내면의 소리를 듣고 소통하는 것이 더 중요하다는 것을 깨달았다.

지금은 어떤 욕심이 수면 위로 떠오를 때마다 일단 멀찍이 물러나 관찰하는 습관이 있다. 이 과정을 통해 나의 욕구를 바라보고 인정하면서 얼마나 허용해야 할지 가늠하는 시간을 갖는다. 내 안에서 자라난 욕구를 무조건 억누르고 비난하는 건 아무런 해결책이 되지 않는다. 스스로에게 죄책감을 지우고 의무를 강요하는 것은 자기를 성장시키기보다 그 안에 분노와 우울만 키울 뿐이다. 예전에는 날씬한 몸을 만들기 위해 건강한 음식을 챙겨 먹고 좋은 옷을 입고 예쁘게 치장하는 것이 곧 나를 사랑하는 방법이라고 생각했다. 하지만 이제 아니다. 용기를 내 두려움과 마주하고 낡은 사고들을 내려놓음으로써 진실로 나를 사랑하는 방법을 배웠다. 아마도 벤쿠버에서부터 시작된, 나의 내면으로 깊숙이 들어가 연결되는 이런 습관이 지금 내가 세상을 바라보는 태도와 정화된 마음에 바탕이 된 것은 틀림없다.

그러므로 누군가 "어떻게 깨달음에 이르나요?"라고 묻는다면 잘은 몰라도 이렇게는 답할 수 있을 것 같다. "스스로 회피하던 두려움을 직시하고 그것이 더 잘 드러나도록 빛을 비추면서 꾸준히 집중해서 내면의 자기를 바라보는 시간을 많이 가지세요." 그것이 밴쿠버에서의 1년이 내게 준 가르침이었다.

인생의 행로는
단 한 번에 바뀌지 않는다

밴쿠버에서 '요가로운 생활'을 보내고 한국에 돌아올 때쯤 스멀스멀 두려움이 피어올랐다. 이방인으로 지내는 동안에는 굳이 내 정체성을 규정할 필요가 없었지만 한국으로 돌아간다고 생각하니 어디에도 소속되지 않은 내가 어색하고 불안하게 느껴졌다. 직장인으로 오래 살았던 터라 늘 마음 한편에는 성인이라면 어디어디 소속이라는 꼬리표가 붙어야 인정받는다는 생각이 똬리를 틀고 있었으니 당연했다.

'이제껏 만들어 온 커리어 패스를 포기하고 정말로 요가 선생님이 될 수 있을까?'

결국 나는 한국에 돌아온 지 몇 개월 만에 어느 대기업에서 운영하는 방송국의 스카우트 제의를 넙죽 받아들이고 말았다. 사람이 참 얄팍하게도 직장 따위 필요 없노라 호언장담하며 떠나 놓고서는 다시금 소속이 생기자 안심이 됐고, 텅 빈 통장 잔고로 부모님한테 얹혀살던 마음도 떳떳해졌으며, 매달 쥐어지는 월급 액수에 비례해 걱정은 사그라졌다. 단, 유효기간이 딱 4년 반이었다.

'내가 갈망한 것은 진정 여기에 없구나! 이렇게 계속 살 수는 없다!'

도돌이표 같지만 나는 다시 한 번 갈망해 온 삶을 선택하고 꼬리표를 떼어 낸 진짜 나란 존재와 마주하고 싶었다.

그때 내게 용기를 준 것은 오래된 기억 하나였다. 중학교 1학년 때 아빠와의 대화 장면이 떠올랐는데, 미술을 계속하고 싶다는 나에게 아빠는 "예술 하면 밥 못 먹고 산다"라고 농처럼 말씀하셨다. 아빠의 말을 거부감 없이 받아들인 나는 미대에 가고 싶었던 마음을 쉽게 접었다. 그때는 왜 그 말을 뒤집어서 '과연 밥만 먹고 살 수 있는가'로 질문해 보지 못했을까? 물론 아빠의 말을 순진하게 믿고 따랐던 어린 나도, 딸이 조금 더 안정적으로 살아가길 바랐을 아빠도 죄가 없다. 아빠는 언젠가 혼란의 세상에 홀로 설 자식에게 작은 나침반을 건넸을 뿐일 테니까. 하지만 어느덧 질문이란, 내게 주어진 문장에 무조건 답하기보다 그 의미를 뜯어보고 다른 문장으로 고쳐 새길 수도 있어야 한다는 걸 알게 된 나는, 이제 밥만 먹고 살고 싶지는 않았다. 더 늦기 전에 내 삶의 예술을 다시 시작하고 싶었다.

'어쩌면 나도 창조적인 삶을 살 수 있지 않을까?

우주가 도와주지 않을까? 내 삶의 모든 것을 통제하며 살 수 있다는 어리석은 생각을 내려놓고 조금 모험을 하며 더 크게 나를 확장할 수 있지 않을까?'

그리고 나는 진짜, 진짜로 결심하게 된다. '요가 선생님? 까짓것 내 방식대로 한번 창조해 보지 뭐.' 하고.

결심이 서자 비로소 우주가 나를 보고 웃는 것 같고, 내 작은 품 안에 가두어진 존재가 가볍게 부풀어 오르는 기분이었다. 20대 끝 무렵에 품었던 꿈을, 나는 이렇게 30대 중반을 넘겨서야 본격적으로 가동하게 됐다.

가족들의 반대는 없었나요?

이런 질문을 곧잘 받는다. 질문자의 머릿속에는 아마 앞세운 질문보다 더 긴 물음표가 따라왔을 것이다. '마흔이 다 된 싱글녀가 잘 다니던 대기업을 때려치웠다고? 용기가 대단하네. 조그마한 요가원, 그것도 아침저녁으로 간간이 몇 명씩만 수업한다면서. 그래서 먹고 살 수는 있겠어?' 기타 등등.

회사를 그만두기 전에는 나도 걱정이 많았다. 남들 이야기에 크게 신경 쓰는 편은 아니었지만 아무래도 사회생활을 하다 보면 타인의 시선으로부터 완벽하게 자유로울 수가 없다. 사람들의 걱정과 우려를 뒤로 한 채 보란 듯이 당당하게 사표를 던지고 나왔지만 종종 불안감이 엄습했다. 어느덧 이 생활이 3년을 넘긴 지금이야 먼 옛날처럼 직장 생활도, 그런 걱정도 아득하지만.

간단히 말해, 당시 가족의 반대는 없었다. 사실 우리 가족 중 그 누구도 나를 말리지 못한다. 종종 부모님과 가족들의 기대를 충족시키느라 자기가 원하는 삶을 포기하는 사람들을 보는데, 감사하게도 우리 집은 그런 분위기가 아니다. 엄마는 진작부터 나의 독립

적인 삶을 응원하셨고, 아빠도 이미 자유로운 영혼으로 살아가는 딸에게 두 손 두 발 다 든 상태였다. 심지어 아빠에게는 퇴사 이후에 그 사실을 통보했지만 역시 크게 놀라지는 않으셨다.

우리는 여러 꼬리표를 달고 살아간다. 누군가의 딸, 누군가의 애인, 누군가의 엄마, 어느 회사의 과장, 대리, 팀장……. 직업과 역할극에 빠져 그것이 허용하는 범주 안에서, 진짜 자신은 잊고 살기 십상이다. 나 역시 긴 시간 동안 나 자신을 억누르며 살아왔다. 누군가의 딸로서 괜찮은 꼬리표를 단 사람이 되기 위해 가슴을 닫고 그것을 위해 인생을 바쳤다. 그러다 어느 순간 정신이 번쩍 든 것이다.

'지금 뭐 하고 있는 거야. 내가 살아가는 이유가 뭐지? 이 삶은 누가 원한 거야?'

요가를 하며 그동안 나를 꽁꽁 동여매고 있던 꼬리표를 떼어 내기 위해 노력했다. 무엇으로도 규정되지 않는 사람으로, 자유로워지고 싶었다. 누군가의 딸이더라도, 누군가의 애인이더라도, 요가 선생님이라 해도, 그 모든 꼬리표를 넘어선 나라는 사람으로 살고 싶었다. 태어날 때 아빠가 붙여 준 이름을 바꾼 것도 그 때문이다. 이름이란 가장 상징적으로, 타인이 붙여 준 꼬리표니까. 나는 이전의 이름을 내려놓고 새로운 존재 '김세아'가 됐다. 익숙할 세忕, 싹 아芽. 익숙한 곳, 그러니까 본래의 나를 찾아 다시 뿌리내리기로 한 사람이라는 뜻이다. 누군가가 심어 준 땅에서 벗어나 존재의 뿌리와 존엄을 찾아 새로운 여행을 시작한다는 의미. 스스로 존엄성을 가진다면 굳이 이름을 바꿀 필요도 없겠지만 당시에는 밖에서의 변화가 내면의 변화를 일으키는 계기가 됐다.

서울 시내에
요가원을 차린다는 것

우리는 우리의 계획된 삶을
기꺼이 포기할 수 있어야 한다.
그래야만 삶이
우리를 기다리게 할 수 있다.
- 조지프 캠벨

서울 시내에 요가원을 차렸다고 하면 "와! 대단해!"라고들 한다. 아무리 해도 잡히지 않는 높은 집값을 뚫고 자영업자로서 번듯하게 시작했다고 생각하기 때문이다. 하지만 나의 요가원, '언와인드 요가'는 사람들이 으레 생각하듯 크고 번듯한 곳이 아니다.

우선 요가원 이름에 담긴 의미를 풀이해 보면, 서양에서는 '쉬다'는 의미로 'relax' 대신 'unwind'라는 단어를 흔히 쓴다. '감다'라는 뜻의 와인드wind에 부정 접두사 'un'을 붙인 단어다. 빡빡하게 고무줄을 감다가 그 끝을 탁 놓으면, 감았던 고무줄이 스르르 풀리면서 느슨해진다. 그게 바로 언와인드 요가가 추구하는 상태다. 심신이 아무런 긴장감 없이 이완된 상태이자 그렇게 이완할 수 있는 공간이라는 뜻을 담고 있다.

나에게는 이곳이 전부이고 사랑하는 작은 우주와도 같지만 실제로는 한 수업당 여섯 명 남짓이 수련할 수 있는 아담한 규모로, 선생님이라고는 나 하나뿐이다. 흔히들 상상하는 여느 요가원과는 좀 다르다고 하겠다. 그래서인지 간혹 잡지 등의 매체에 공간이 소개될 때면 '독립 요가원'이라는 말로 불러 주곤 한다.

요가 하는 사람이 되겠다고, 요가를 가르치겠다고 결심했을 때부터 나는 당분간 혼자 꾸려 나갈 수 있는 소규모 공간을 차려야겠다고 생각했다. 밴쿠버에서 경험한 각양각색의 요가원들 덕분에 다양성에 대해 열려 있었고, 처음부터 큰 공간을 마련하기에는 서울의 임대료가 무시무시했기 때문이다. 이제 막 시작한 요가원에서 매달 월세를 감당할 만큼 수입이 발생할지도 미지수이고, 그렇다고 처음부터 무리하게 대출을 받아서 크게 사업을 벌일 생각은 없었다. 보이는 것에 신경 쓰기보다 작더라도 내 스타일대로 내실 있게 꾸려 나가고 싶었다. 수업은 밴쿠버에서 경험한 요가와 따로 공부해 온 차크라chakra(우리 몸의 에너지 센터를 이르는 말. 척추선을 따라 이어지는 7개의 주요 차크라를 단련하면 몸의 건강, 감정의 정화, 마음의 안정을 얻을 수 있다), 명상과 에너지 수련을 결합해 차별화된 요가 프로그램으로 승부할 수 있을 것 같았다. 우리 요가원의 스타일에 관심을 갖고 꾸준히 함께 수련할 소수의 인원만 있다면 그걸로 만족할 수 있었다.

사실 큰 요가 센터를 차려서 '원장님' 소리를 들으며 다른 선생님들을 관리하거나 그런 센터에 들어가서 월급 받는 강사로 일하기는 죽어도 싫었다. 그것은 내가 버리고 나온 직장 생활과 크게 다를 바가 없어 보였기 때문이다. 그렇다고 구체적인 계획이랄 것도 없었다. 남들 하는 대로 해야 한다는 강박으로부터 벗어나서 다른 대안적인 운영 방법을 고민해 볼 뿐, 자본도 인지도도 없는 상태에서 뾰족한 수는 없었다.

그러다 떠오른 것이 지금 할 수 있는 선에서 당장 가르치는 일을 시작해 보자는 생각이었다. 머뭇거리기만 하다 흘러갈 시간이 아까웠다. 공간을 따로 차리려면 큰 결심과 준비가 필요하다. 하지만 내게는 줄곧 지켜 온 질긴 결심과 우리 집이 있었다. 내가 평소에 행복하게 수련하는 멋진 우리 집이!

'먹고 자고 쉬고 요가까지 하는 내밀한 공간을 타인과 함께 나누는 게 쉽지는 않겠지만 한번 해 보지

뭐. 삼삼오오 모여서 수련을 해 보자!'

정말 조촐한 시작이었다. 번듯한 밑그림 같은 것도 없이 내가 당장 감당할 수 있는 선에서 현실적이고 나름 현명한 출발을 했다. 내가 사는 집에서 시작한 덕분에 따로 임대료가 발생하지 않아 월세 지출에 대한 부담은 없었다.

처음부터 잘될 거라는 거창한 기대는 없었지만 그래도 비슷한 사람들이 모일 거라는 희망과 긍정의 마음만큼은 가득했다. 요가원 이름을 짓고, 함께 수련할 공간을 꾸미고, 팔로워가 많지도 않은 내 인스타그램에 회원모집 공고를 올렸다. 제일 처음에 신청한 한 사람을 시작으로 한 달, 두 달, 석 달 정도가 지나자 어느새 회원이 스무 명 정도로 늘어났다. 그저 신기할 따름이었다. 그 시절, 언와인드 요가 시즌 1의 공간을 사랑해 주고 함께 호흡해 준 회원들에게 지금도 너무나 고맙다.

한동안 그렇게 '방구석 요가원'에서 누구의 구애도 받지 않고 내 색깔대로 요가를 가르쳤다. 걸어서 5분 거리에 사는 회원, 길 건너에 사는 회원, 친구의 소개를 받고 왔다는 회원, 회사 선배였던 회원 등 어딘가 비슷한 결을 가진 사람들이 모여들기 시작했다. 이들은 전혀 다른 직업을 갖고 다른 삶을 살아온 사람들이다. 하지만 수련 후에는 종종 모여 앉아 차를 마시며 삶에 대한 이야기를 나누었다. 요가를 통해 함께 성장하며 가슴속 깊이 잠들어 있던 사랑을 깨우고 나눴다. 나와 회원 모두가 각자의 요가를 용감하게 선택한 결과였다.

각자의 요가란 각자의 삶이라고도 말할 수 있다. 어떤 일에서건 다른 사람들의 방식 말고 나의 방식이 필요하다. 이는 타인의 기준이나 방식에도 관대해져야 한다는 이야기이기도 하다. 우리는 삶이라는 같은 종목의 경기에서 자기만의 빛깔을 만들어 나가는 사람들이므로 상대의 빛깔도 존중할 줄 알아야 한다.

요즘은 많이 변화하고 있지만 사실 우리나라는 각자의 개성과 빛깔대로 살아가기 어려운 분위기가 있다. 남의 말에 흔들리거나 눈치 보지 않고 자기 믿음대로 살아가려면 단단한 중심과 용기가 필요하다. 나 역시 회원 수가 적을 때나 요가 수업에 대한 비난을 받을 때면 순간적인 감정에 휩쓸려 내 방식에 의문이 들곤 했다. 모든 인간은 관계에 취약하기 때문에 밖으로부터의 평가에 초연하지 못하고 어느 정도는 영향을 받는다. 우리가 사회적 동물로 살아가는 이상 그런 평가에서 완전히 자유로울 수는 없다.

하지만 나는 작은 요가원을 차리고 운영하는 과정을 통해, 우리 모두가 각자의 삶이자 각자의 요가를 추구하며 살아도 괜찮다는 것을 비로소 믿게 됐다. 남들과 같게 살기를 포기하니 삶이 훨씬 자유로워졌다. 내가 원하는 게 무엇인지, 어떤 사람인지, 어떤 가치관을 가졌는지가 점점 더 선명하게 보였다. 분명 사회의 안전한 울타리 안에 있을 때보다 더 많은 고통과 좌절을 겪긴 한다. 하지만 의지를 가지고 최선을 다하고 내 흐름에 맞게 살다 보면 '될 일은 되는구나!' 싶을 때도 있다.

만약 모든 환경이 완벽하게 갖춰질 때까지 기다렸다면 나는 아직도 요가원을 차리지 못했을 것이다. 그렇게 방구석에서 시작한 언와인드 요가 시즌 1을 지나 지금은 서울 연희동에 작은 공간을 마련해 시즌 2를 운영하고 있다. 시즌 2에 들어서는 예상치 못한 코로나19 펜데믹 시대를 맞아 요가원을 쉴 때도 있었고, 그에 따라 회원 수도 줄었다 늘기를 반복했다. 밖으로는 꽤 소란스러운 일들도 많았지만 내면은 더 단단하고 평온해졌으며, 운 좋게도 삶의 용기와 이야기를 전하는 이 책도 쓰고 있다. 앞으로도 나는 계속해서 어디론가 흘러가겠지만 미래에 일어날 일이 두렵지 않다. 다 이유가 있어 생기는 일일 테니, 기쁜 마음으로 그 흐름에 나를 내맡길 준비가 되어 있다.

정말 소중한 선물은
가장 힘을 빼고 있을 때 온다

언와인드 요가 시즌 1에는 따뜻한 추억이 어려 있다.

우리 집 테라스에 임신한 길고양이 한 마리가 자리를 잡았고 그때 회원들은 고양이와 함께 요가를 했다. 고양이는 그 후 새끼 다섯 마리를 낳았고 그 아이들이 모두 좋은 곳으로 입양 갈 때까지 우리는 함께였다. 개인적으로 시즌 1은 혼자 사는 게 익숙한 내가 다른 사람과 함께 살아갈 수 있을지를 시험해 보는 시간이기도 했다. 때로 강박적이란 소리를 들을 만큼 나만의 라이프스타일을 지키는 게 중요한 내가 삶의 내밀한 공간을 열어 놓고 매일 사람들이 드나들게 하다니, 그건 놀라운 변화였다. 나는 완벽히 통제된 루틴의 생활을 해제해야 했다. 인간관계에서도 강한 에고를 내려놓고 마음을 열어 지혜롭게 조율하는 법을 배워 갔다. 감정이 요동칠 때 내가 어떻게 이성을 되찾고 품위를 지키는지, 어떻게 동요하는 감정으로부터 나와 타인을 보호하는지도 관찰했다. 한마디로 사적인 공간을 오픈한 것은 나를 완전히 열어 놓는 일이었다.

하지만 모든 일에는 부작용도 따르는 법. 불편함도 있었다. 쉬는 곳과 스튜디오가 분리되지 않아 쉬어도 쉬는 것 같지 않았다. 내 집에 있어도 마음이 편안하지 않았고, 가끔 좀 어지르고 편안하게 쓰고 싶어도 늘 깨끗한 상태를 유지해야만 했다.

더불어 마음속의 불안감도 커졌다. '과연 이 정도의 수입으로 생활을 유지할 수 있을까?' 하는 의심이 싹텄다. 심각한 경제적 어려움에 처한 건 아니었지만 불안은 지레 앞서는 법이다. 툭 까놓자면 벌기는 적당히 벌었다. 회사 다닐 때 연봉보다는 적었지만 종종 프리랜서로 들어오는 다른 일까지 맡아 하면 월급보다 나을 때도 있었으니까. 그런데도 방구석 스튜디오 생활이 6개월쯤 지나자 오랫동안 고정수입의 안정감에 길들어 있던 회사원의 자아가 빼꼼 고개를 들었다.

'수입이 너무 불규칙해. 이대로는 안정적으로 생활하기 힘들 거야. 집에서는 수업 규모를 더 키울 수도 없으니 요가를 계속 가르치면서 삶을 유지해 나가려면 다른 일이 필요해!'

유혹의 타이밍은 아주 기가 막힌다. 내가 흔들리는 것을 어떻게 알았는지 귀신같이 때를 딱 맞춰 스카우트 제의가 들어왔다. 청년들이 의기투합해 차린 스타트업으로 최근 폭발적인 성장 그래프를 그리고 있는, 소위 한창 잘나가는 기업의 제안이었다. 퇴근 후 저녁에는 요가원을 계속 운영해도 된다는 대표의 말에 솔깃해서 높은 연봉과 좋은 조건이라는 미끼를 덥석 물어 버렸다!

그 후로 한동안 회사원과 요가 지도자라는 이중주의 삶이 이어졌다. 매일 오전 9시부터 오후 6시까지는 회사에 출근해서 PR 업무를 하고, 집으로 돌아와 저녁 8시에 요가 수업을 진행했다. 하지만 만만하게 생각한 회사 일이 이전에 대기업을 다닐 때보다 훨씬 업무 강도가 셌다. 말이 9시간 근무이지 업무 특성상 24시간 내내 메신저를 달고 살며 일해야 했다.

첫 달은 그럭저럭 보냈지만 둘째 달부터는 어김없이 삐걱거렸다. 생활에 여유가 없어졌고 직장인 시절의 일벌레 관성이 고개를 들었다. 몸이 망가지는 줄도 모르고 무리하며 애쓰던 세 번째 달, 나는 대상포진에 걸렸고 어느 날엔 출근길에 차가 도로에 멈추는 사태가 발생했다. 너무 바빠 기름 양을 확인할 정신도 없었던 것이다.

무더운 한여름 아침, 꽉 막힌 도로에 무방비로 멈춰 선 차 안에서 갑자기 봇물 터지듯 눈물이 쏟아져 나왔다. 상황을 살피러 온 경찰관이 우는 나를 달래며 도로를 정리해 주었다. 그제야 번쩍 정신이 들었다. 나는 당장 보험회사에 전화해 출동 서비스로 차에 기름을 넣고 회사로 달려가서는 그 길로 사표를 냈다.

미련하게도 모든 게 확실히 무너진 후에야 무엇이 중요한지 보인다. 다시 한 번 내 안에 싹튼 욕심을 버리고 이 또한 우주의 계시라고 생각하며 요가를 택했다. 다만 우선 몇 달은 지친 몸과 마음을 내려놓고 재정비와 휴식의 기간을 갖기로 했다. 언와인드 요가 시즌 1을 연 지 1년 만이었다. 이번에도 다음 계획은 없었다.

오랜만에 정신을 차리고 마주한 집은 회사에 다닌 3개월간 전혀 돌보지 않은 탓에 흡사 내 몸과 마음처럼 꼴이 엉망이었다. 하지만 나는 집을 치울 기력조차 없었고 몸은 점점 가라앉았다. 그렇게 몇 주 동안 넋을 놓고 수련도 놓은 채 그저 시간이 흐르는 것을 무기력하게 지켜보며 가만히 있었다.

그러던 어느 날, 동생 부부가 청소 도구를 들고 나타났다. 지친 나를 대신해 집을 치워 주겠다는 것이다.

정말 소중한 선물은 가장 힘을 빼고 있을 때 그렇게 찾아온다. 그런데도 정말 거기에 이르게 한 상황이 모두 최악이었다고 말할 수 있을까? 아니, 우리 마음이 그렇게 생각할 뿐이다. 나는 그때 동생 부부의 자비와 사랑으로 힘을 얻었다. 반짝반짝 빛나는 집을 보니 다시 일어나고 싶다는 의욕이 생겼다. 새로운 공간을 구해서 이제는 양다리 걸치지 않고 제대로 요가에 집중해야겠다는 생각이 스쳤다.

그날 이후로 날마다 조금씩 스튜디오 공간을 보러 다녔다. 이번 시작도 지나치게 애쓰지는 않았다. '천천히 다니다 보면 운명처럼 마음에 드는 곳을 만나겠지.'

발길 닿는 대로 걷다가 에너지가 좋은 동네를 발견하면 부동산에 쓱 들어가서 묻는 것이다. 그렇게 두 달 정도 발품을 팔고 인연이 통하는 곳을 찾다가 시즌 2 스튜디오를 만났다. 작고 아담하지만 아름다운 공간으로 만들 의지가 샘솟는 곳이었다. 한 달 내내 쓸고 닦고 공을 들여 2019년 11월, 요가원을 오픈했다. 시즌 1의 과도기를 지나 이제 정말 본격적으로 요가하는 나의 삶을 꾸려 나가게 된 것이다.

요가원에서
거울을 치운 이유

요가를 하는 이유는 각자 다 다를 테지만, 내 경우에는 몸과 더 적극적으로 연결되기 위해서 한다. 시선과 생각, 마음에 빼앗기는 무의식적 습관을 몸으로 돌려놓기 위해서 한다. 한데 보통 요가원의 환경은 그런 목적을 방해하는 요소 일색이다. 지나치게 밝은 형광등 불빛, 수련하는 몸을 훤히 비추는 전면 거울은 자꾸 무의식적인 습관으로 우리를 이끈다. 그래서 요가와 명상을 시작한 초창기에는 수련에 집중하지 못하고 이런 목소리들에 정신이 팔렸다.

지금 내 동작이 완벽한 거 맞아?
새로 산 요가복이 잘 어울려야 할 텐데.
살은 좀 빠졌나? 근육이 좀 붙었을까?
다른 사람들과 비교해서 내 모습 어때? 괜찮아 보여?

마음 챙김과 수련을 하러 왔는데 요가원에서까지 내 안의 목소리와 싸워야 하다니! 기가 막힐 노릇이다. 요가 숙련자라면 언제 어디서든 쉽게 집중할 수 있겠지만 입문자의 경우엔 되도록 마음 챙김에 집중할 수 있게 자극이 적은 환경이 필요하다. 명상을 할 때도 각자 고요한 곳에 자리 잡고 눈을 감으라고 하는 이유가 여기에 있다. 시각적 자극을 최소화해 좀 더 자연스럽게 몸과 연결됨을 느끼게 하려는 것이다.

요즘에는 다양한 유형의 요가원들이 많아진 만큼 스튜디오 환경도 많이 달라졌다. 하지만 내가 요가를 한창 배울 때만 해도 우리나라 요가원들은 대부분 자극을 최소화하기는커녕 더 많은 자극에 노출되는 환경이었다. '다이어트' '체형 교정' '몸매 관리' 등 자극적인 홍보성 문구도 눈살을 찌푸리게 했다. 그때부터 막연한 생각을 품었던 것 같다. 만약 내가 요가원을 차린다면 시각적 자극을 최소화하고 오로지 자신에게만 집중할 수 있는 환경을 만들겠다고. 그러므로 언와인드 요가 시즌 2의 공간은 내가 수련하고 싶은 요가원의 모습을 따를 수밖에 없었다.

내가 수련하고 싶은 요가원이란?

첫째, 시끌벅적하지 않을 것. 그러려면 한 수업당 인원이 최대 여덟 명을 넘지 않는 규모.

둘째, 수련 전후 서로 내면 이야기를 나눌 수 있는 차담 공간은 필요함.

셋째, 수련실은 차분하게 가라앉은 분위기에 집중이 잘되는 공간. 늘 고요함이 배어 있고 내면의 향기가 느껴질 것. 어둑한 분위기에서 명상을 하듯 잠자코 마음을 들여다볼 수 있는 환경.

이런 상상을 하면서 공간을 찾고 꾸몄다. 그래서 우리 요가원에는 거울이 일절 없다! 층고가 낮아 집중이 잘되고, 낮에는 은은한 자연광으로 수련하며 저녁에는 촛불 하나만 켠다. 그편이 각자의 몸에 집중해 연결됨을 느끼기에 유리하기 때문이다.

거울 하나 치웠을 뿐이지만 그것은 생각보다 많은 부분에 영향을 미친다. 우선 사람들이 요가복에 신경을 덜 쓰게 된다. 사실 요가를 할 때 꼭 요가복을 갖춰 입을 필요는 없다. 숨을 편안하게 쉴 수 있는 편한 옷이면 충분하다.

거울이 없는 요가원, 그것도 어두침침한 요가원에서는 어차피 서로가 잘 안 보이기 때문에 뽐내기라도 하듯 다양한 요가복을 살 필요도 없고, 날씬해 보이게 몸의 라인을 잡아 주며 꽉 끼는 요가복을 입을 필요도 없다. 거울에 비친 내 살들을 보며 다이어트 결심을 되새기지 않아도 되고, 완벽한 동작을 해내려는 강박으로부터도 더 자유롭다.

요가와 명상은 몸의 신호와 더 잘 연결되고 가까워지기 위한 수련이고, 있는 그대로 자신을 받아들이는 연습이다. 온통 외부에 정신을 빼앗겨 나를 잃어버리고 살던 우리가 자기에게로 돌아갈 수 있는 유일한 시간이다. 매스미디어가 설파하는 시대적 요구, SNS에 범람하는 트렌드, 타인의 평가와 시선, 이 모두를 차단하지 않는 이상 우리는 자기 삶을 돌아보기 위해 멈추지 못한다. 그런 환경 속에서는 다이어트가 필수인 것만 같고, 연예인이 입은 예쁜 '신상' 요가복을 사야만 할 것 같다. 정신을 차리지 않으면 순식간에 세상의 혼돈에 휩쓸리고 마는 것이다.

요가나 명상을 벗어나서도 마찬가지다. 결혼은 이래야 해 저래야 해, 여자는 이래야 해 저래야 해, 남자는, 학생은, 부모는, 며느리는, 남편은……. 이 모든 기준은 타인의 것이다. 곰곰이 생각해 보면 그중 무엇도 진정 우리가 원하는 것은 아니었다는 사실을 깨달을 수 있다.

볼륨을 끄고 내 안의 목소리에 귀 기울여 보자. 나를 세뇌하는 외부의 목소리가 아닌 진짜 영혼의 신호에 귀 기울이자. 그 신호는 고요한 순간에야 비로소 들린다. 아마도 요가는 그래서 하는 것이리라. 진짜 내 몸이 원하는 것과 내 영혼이 원하는 이야기에 귀 기울이기 위해서.

그래서 나는 요가원에서 거울을 치웠다. 수련자들이 행복을 자기 안에서 찾기 위한 여정에 조금이나마 도움이 될까 해서. 내 경험에 비추어 볼 때, 내면에 집중하는 고요한 순간에 비로소 간절히 원하던 것들이 눈앞에 나타난다. 여기저기로 치이고 흔들리던 삶이 진짜 자기에게 뿌리를 내리고 꽃을 피우기 시작한다.

여기 대체 뭐 하는 곳이에요?

이런 질문을 자주 받는다.

간판조차 제대로 없고 수업 시간 빼고는 거의 문이 닫혀 있어서 주변을 지나다니는 동네 사람들이 '대체 뭐 하는 곳인고?' 싶었을 것이다. 수강 문의를 하러 온 사람들도 비슷한 질문을 한다. "아무나 와서 수업을 들을 수 있나요?" 같은 물음이다. 아마 여느 요가원의 운영 방식이나 느낌과는 사뭇 달라 보여서 그럴 것이다. 그럴 땐 나도 명료하게 답하고 싶다. 어쩌면 이렇게?

아, 여기는 하타요가를 전문으로 하는 곳이에요!
여기는 아쉬탕가를 전문으로 하는 곳이에요!
명상을 전문으로 하는 곳이에요!
요가 지도자 과정이 있어요!
초급자도 쉽게 들을 수 있어요!

하지만 현실의 나는 명확한 한 문장으로 우리 요가원의 성격을 설명하지 못하겠다. 그만큼 모호한 공간이기 때문이다. 보통은 직접 느껴 보고 판단하라는 뜻에서 "일단 와서 경험해 보세요."라고 말하거나, 조금 더 풀어서 답할 때는 "여기는 명상과 요가를 접목해 몸과 마음의 연결을 돕는 곳이에요." 정도로 말하곤 한다. 두루뭉술하다고? 그렇다면, 할 수 있는 한 친절한 설명을 달아 아예 길게 이야기해 보겠다.

> 우리 요가원은 굉장히 폐쇄적입니다. 일단 규모가 작아서 그렇습니다. 최대한 다닥다닥 붙어 수련하면 여덟 명 정도가 빠듯하게 들어올 수 있는 공간이에요. 실제로 수용하는 인원은 더 적습니다. 친구를 데려오고 싶다거나 스케줄 조정이 안 돼서 당일밖에 수련할 수 없는 특별한 경우를 제외하고는 여섯 명을 넘기지 않도록 예약 인원에 제한을 둡니다. 이는 수련하는 동안 고요하고 편안한 에너지를 유지하기 위해서예요. 적정한 인원수는 요가 수업을 진행하는 저뿐만 아니라 수련하는 모두에게 중요합니다.
>
> 궁극적으로 수련이란 언제 어디서든 마음의 여유와 편안함을 유지하기 위한 것이지만, 충분히 단련되기 전까지는 의도적인 비움과 고요를 경험할 필요가 있어요. 그래서 온종일 문을 열거나, 상담을

전담하는 안내자가 있거나, 상냥하게 전화 상담에 응대하는 일반 요가 센터들과 달리 우리 요가원은 이른바 '공간 에너지 정화' 차원에서 수업 시간 외에는 문을 닫아 둡니다. 그렇다 보니 오전과 저녁에 있는 수업 시간 외에 대부분의 낮 시간대는 폐점 상태나 다름없어요. 게다가 상담 전화도 잘 받지 못해서 하루 중 일정한 시간을 정해 잠시만 밀린 상담 업무를 처리한답니다…….

이렇다 보니 솔직히 말해 쉽게 문을 두드리기엔 진입 장벽이 높다. 그럼에도 불구하고 고맙게도 깍듯한 태도로 재차 문의하는 사람, 예약 앱을 깔아 가입하고 승인될 때까지 기다리는 사람, 수강료부터 입금해 놓고 순차 연락을 기다리는 사람도 있다. 분명 자신과 통하는 부분이 있다고 판단해서 이곳의 수련에 합류하길 원하는 것일 텐데, 실제로 그런 이들은 한 번 다니기 시작하면 오랫동안 묵묵히 함께한다.

수강생들도 대부분이 오래전부터 삶과 자신에 대한 근원적인 질문을 많이 해 온 사람들이다. 그런 만큼 나는 새로 문을 두드리는 사람보다는 꾸준히 오래 함께 호흡해 온 회원들을 먼저 챙긴다. 그것이야말로 이 공간을 오래 지켜 나갈 방법이자 그들을 안내하는 나의 진정한 역할이라고 생각하기 때문이다. 새로운 회원을 유치하고 홍보할 시간에, 지금 방황하고 있지만 계속 함께 성장하고 싶은 기존 회원을 한 번 더 붙잡는다. 그렇다 보니 신규 회원은 기존 회원이 나갈 때만 대기 접수한 순서대로 등록할 수 있다.

신규 회원들에게는 꼭 해 주는 말이 있다. 막상 같이 해 보면 난이도가 그렇게 쉬운 편은 아니지만 요가와 명상이 처음이라 해도 함께 시작할 수 있다는 것이다. 마음을 비우고 꾸준히 한다면 실력은 당연히 따라오기 때문이다. 아사나(요가의 자세)는 꾸준히 성실하게만 하면 장담컨대 누구나 잘할 수 있다. 잘하고 못하고는 능력의 차이가 아니라 물리적으로 들인 시간과 꾸준함의 차이다. 그러므로 요가 입문자들이 가장 많이 하는 그 말, "저는 몸이 뻣뻣한데 요가를 해도 될까요?"라는 질문은 이제 맘속에 접어 두시라. 가끔 어려워 보이는 동작을 시연하면 "와, 저는 절대 못 해요!"라고도 하는데, 그 말도 접어 두시라. 신체의 특징에 따라 약간씩 구조적인 차이는 있겠지만 꾸준히 시간을 들여 수련하면 분명 똑같이 해낼 수 있다.

요가에는 잔머리가 안 통한다. 명상도 마찬가지다. 집중하고 수련한 딱 그 시간만큼 깊어진다. 재능 타령, 요령 타령이 흔한 이 세상에서 빠른 길 없이 가장 정직하고 솔직하게 도달해야 할 영역 중 하나다. 이는 요가를 가르치는 입장인 나 역시 피해 갈 수 없는 운명이다. 누군가를 안내할 수 있는 깊이는 딱 내가 수련한 만큼이다. 몸은 가만히 두고서 잔머리를 암만 굴려 봐야 더 잘 가르칠 수 없다는 소리다. 그러므로 나도 꼼짝없이 매일매일 또 수련을 할 수밖에 없다.

다시 요가원 이야기로 돌아가서, 매주 월요일과 화요일에는 움직임이 적은 현대인들이 몸을 더 많이 움직일 수 있게 개발된 빈야사 요가로 수업을 진행한다. 같은 요가 장르라 해도 지도자마다 안내 스타일이 천차만별인데, 나는 밴쿠버에서 경험한 시바 레아의 프라나 빈야사로 안내한다. 파도를 타듯이 역동적인 아사나와 창의적인 플로우, 프라나야마(호흡)가 통합된 움직이는 명상법이다. 프라나prana(모든 생명과 우주에 존재하는 힘. '기' 또는 '숨'으로 정의되곤 한다)의 흐름에 따라 파도처럼 부드러운 태양경배 자세를 반복적으로 하고 그 흐름에 맞게 다양한 시퀀스로 이끌어 힘과 유연성의 균형을 경험할 수 있게 한다.

수요일, 목요일, 금요일에는 하타 요가를 한다. 산스크리트어로 해Ha와 달Tha을 뜻하는 '하타' 요가는 음양의 균형과 화합을 실현해 자아 완성을 이루기 위한 실천의 요가다. 정해진 시퀀스가 있는 것이 아니라 한 아사나를 깊게 완성하고 머무는 행위를 통해 참된 자아를 찾는 전통적인 요가 수행법이다. 빈야사, 아쉬탕가 등의 현대 요가는 모두 하타 요가를 바탕으로 하고 있기에 요가의 뿌리라고도 말할 수 있다.

보통 입문자들은 하타 요가에서 에너지를 끌어올리는 데 시간이 꽤 걸리기 때문에 힘들어하는 반면, 아사나가 깊어지고 집중력이 높아진 숙련자들은 자신의 참자아를 고요하게 관찰할 수 있는 하타 요가의 매력에 푹 빠진다. 나도 예전에는 동작이 화려하고 흥미로운 현대 요가에 더 큰 매력을 느꼈지만 갈수록 심심하고 고요한 하타 요가에 빠져들어 개인 수련은 주로 하타 요가로 하는 편이다.

수련의 시작과 끝에는 늘 명상이 있다. 그날그날

생활이나 수련 중에 관찰한 마음과 생각을 되짚어 그 경험을 나누는 명상 안내를 하고, 마음 챙김을 돕는 사운드테라피 악기인 싱잉볼로 심신의 깊은 이완을 이끌어 내면서 편안한 상태에서 잠들어 있는 우리 가슴을 깨운다. 가슴속의 진실을 바라보고 꺼낸 이야기들은 대체로 보편적인 공감을 끌어내 모두에게 울림을 준다.

하지만 이 모든 게 고정된 것은 아니다. 나의 내적 성장에 따라 요가 수업 스타일도 조금씩 바뀐다. 어느 달에는 집중 명상 프로그램을 진행하고, 어느 달에는 더 다양한 동작과 결합한 요가 프로그램을 넣어 보면서 실험적인 수업을 많이 시도하는 편이다.

이는 흡사 1인 식당의 셰프가 그날그날 신선한 재료와 자신의 컨디션과 영감에 따라 메뉴를 바꿔 가며 식당을 운영하는 것과 비슷하다. 보통 그런 식당에는 셰프의 솜씨와 선택을 믿고 찾아오는 우직한 단골들이 있다. 나의 독립 요가원도 그렇다. 믿고 따라와 주는 도반道伴, 즉 함께 수행하는 벗이 있기에 할 수 있는 메뉴 바꾸기이다.

나는 요가와 명상을 대하는 진지한 태도와 꾸준함을 중요하게 생각한다. 사람들이 수련할 때만큼은 진지하게 자기 몸과 마음에 대해 궁금해하며 구석구석을 잘 살피고, 아주 깊은 내면까지 들여다보겠다는 열린 마음으로 임하기를 원한다. 나의 도반들이 오랫동안 같이 호흡하며 성장해 나가는 것을 지켜보고 싶기 때문이다.

단단한 육체의 기반 에너지는 요가 아사나로 채우고, 내면의 부드러운 지혜는 명상으로 깨운다. 이렇게 함께 수련하면서 당장에 효과가 나타나지 않더라도 꾸준하고 묵묵하게, 진지하면서도 가볍고 밝은 태도로 임해 주기를 바란다. 이런 태도는 같은 공간에서 수련하는 모두에게 좋은 영향을 미친다. 물론 내 기대와 의도가 이렇다 해서 항상 뜻대로 되는 것은 아니지만, 그저 매 순간 진심을 다해 안내할 뿐이다.

요기의 일상

요가 선생님의 하루

요가 선생님은 온종일 요가와 명상만 할까?

아무래도 요가가 몸과 마음을 수련하는 일이다 보니 직업인으로서 요기의 일상도 궁금해하는 사람들이 많다. 모든 요기의 삶이 비슷한 것은 아니지만 그 궁금증을 조금이나마 풀어 준다는 생각으로 나의 하루 그리고 일주일을 그려 보려 한다.

보통 아침에 일어나면 따뜻한 보이차를 한 잔 내려 마시고 마음을 정화하는 시간을 가진다. 마음의 온도가 알맞게 데워지면 일어나 몸을 씻고 요가원 청소를 한다. 그러다 보면 회원들이 올 때가 되며 나는 그들을 부산스레 맞이하기보다 각자 자리를 잡고 스스로 수련 준비가 다 될 때까지 고요하게 명상을 하며 기다린다.

월요일부터 금요일까지는 매일 수업이 있다. 오전 10시 40분부터 12시 20분까지, 저녁 7시 40분부터 9시 20분까지 하루에 두 차례 수업한다. 수업 끝에 치르는 의식은 동일하다. 몸을 따뜻하게 데워 주는 보이차를 내려 드리고 소소하게 요즘의 수련 생활이나 사는 이야기를 나눈다.

월요일, 수요일, 금요일 오후에는 개인 수련을 한다. 아무리 요가가 일상화되어 있는 요가 선생님이라 하더라도 홀로 매트 위에 서는 것을 게을리하거나 명상을 하지 않으면, 제대로 된 안내를 할 수 없다고 생각한다. 그러므로 안내자로서의 내가 매트에서 내려오는 순간 나는 다시 수련자가 된다. 요즘은 120분 동안 집중적으로 하타 요가를 가르치는 선생님을 찾아가 수련한다. 다른 이에게 요가와 명상을 안내하는 것도 보람 있지만 내가 진정 즐거울 때는 이처럼 나와 마주하는 수련 시간이다. 나를 순환시키는 과정이라고 생각하며 마음속을 채우고 나누고 또 채운다.

화요일, 목요일 오후는 오롯한 자유 시간이다. 언젠가부터 많은 사람들이 힐링 방법으로 여기는 새로운 곳을 찾아간다거나 친구를 만나 카페에서 멍하니 시간을 보내는 일은 잘 하지 않게 됐다. 물론 종종 바람을 쐬고 이곳저곳을 돌아다니며 구경할 때도 있지만 아무래도 가장 좋아하는 시간은 말없이 혼자 적막함을 느낄 때다. 보통 내밀한 공간에서 책을 읽거나 생각에 빠져들고, 집중 명상을 한 뒤 수행일지를 적어 보면서 내면을 탐색한다. 보이차를 천천히 내려 마시고,

거창하지 않은 건강한 음식을 만들어 식사하고, 길지 않은 낮잠을 잔다. 산책하는 것도 좋아해서 동네 뒷산을 자주 걷다 들어온다. 그 행위 하나하나에 몰입하다 보면 채 몇 가지를 하기도 전에 하루해가 진다.

주말 중 하루는 남자친구를 만나 시간을 보낸다. 밖을 돌아다니는 데이트를 즐기기보다 편안하게 휴식을 취하며 이런저런 이야기를 나눈다. 대청소처럼 해치워야 할 일이 있으면 맘먹고 함께한다. 그나마 주말이 제일 바쁜 편이다.

정말 예전의 내가 떠오르지 않을 정도로 단출한 일상이다. 나는 원래 끼니마다 맛집을 찾아다니거나 새로 생긴 '뜨는' 장소가 있으면 반드시 가 봐야만 직성이 풀리는 사람이었다. 요기가 되고 일상이 단순해지면서 내가 진정 어떤 사람인지, 무엇을 좋아하고 편안해하는지 더 잘 알게 됐다. 이제야 내가 트렌드의 최전방을 동경하거나 화려함을 선호하지 않는다는 것, 조용한 상태를 편안해한다는 것, 자극적이지 않은 건강한 음식을 천천히 먹고 싶어 한다는 것, 술과 군것질을 즐기지 않는다는 것을 알게 됐다.

본성에 가까워진다는 건 진정 편안해지는 일이다. 예전에는 내 욕망과 인정 욕구를 채우느라 본성을 무시한 행위들을 일삼고 몸과 마음을 혹사했다면 지금은 그저 편안하게 몸과 마음을 돌보며 일과 삶을 채워가고 있다. 별거 없고 심심해 보이는 이 하루하루가 내게 참 잘 맞고 퍽 괜찮다.

퇴사자들이 모여드는 요가원

사람들은 자기와 비슷한 사람을 자연스레 알아보는 것 같다. 그래서인지 우리 요가원에도 대부분 비슷한 사람들이 모여든다. 요가원이 워낙 작은 골목의 주택가에 숨은 듯이 자리해 있고 신규 회원 모집이 적은데도 어떻게 알고 비슷한 결을 가진 사람들만 자꾸 찾아오는지 신기할 따름이다. 수련이 끝나고 차 한잔을 하며 이야기를 나누다 보면 회원들끼리 장단이 아주 잘 맞는다. 딱히 내가 주선하지 않아도 금세 서로 친구가 되어 밖에서 따로 만날 정도다. 그럴 때면 우리 요가원이 인연을 맺어 준 것만 같아 내심 뿌듯하다. 내면의 이야기로 똘똘 뭉친 관계이기에 더 깊은 울림을 주고받을 수 있으리라.

그렇게 모인 이들이 과연 어떤 사람들인가 하면 싱어송라이터, 디자이너, 시인, 영화감독, 작가, 편집자 등 그 직업이 참 다양하다. 공통점이라면 주로 창의적인 일을 하는 사람들이라는 것. 또는 당장 하나의 직업으로 정의될 수는 없어도 자신에게 맞는 자리를 조금씩 찾아가고 있는 사람들이라는 것.

일례로 얼마 전에 등단한 한 시인 회원은 내가 에디터로 일할 때부터 아는 사이로 시즌 1부터 지금까지 꾸준히 함께 수련해 왔다. 우리는 둘 다 직장인으로 만나 어느새 각자 회사를 그만두고 요가 하는 사람과 시인이 되어 인연을 이어 나가고 있다. 아마도 요가와 명상을 통해 내면을 깊이 들여다보고 몸으로 본성을 체득하다 보면, 진정으로 하고 싶은 일에 대한 고민도 따라오는 것 같다. 그래서일까? 우리 요가원에서 흔한 게 퇴사자요, 요가원에 다니면서 퇴사를 결심하거나 실행하는 경우도 다반사인 것은.

어떤 회원은 그런다. "여기서 수련만 하면 다 퇴사를 하네요?"

이것 참, 나는 퇴사하라고 부추긴 적은 없는데 말이다. 대신 이런 이야기로 답하고 싶다. "앞만 보고 정신없이 질주하다 머릿속에 물음표가 떠올랐을 때, 공교롭게도 우리가 여기서 만났다"라고. "어쩌면 우리는 비움의 시기를 함께하고 있는 것"이라고. 우주의 흐름 속에서 풍요롭고 즐겁게 살아가기 위한 비움의 시간, 우리는 그 고요한 시절을 함께 보내고 있다.

서머싯 몸의 소설 《면도날》은 유복하게 자란 주인공 래리가 자신의 삶을 개척해 가는 여정을 다룬다.

그는 삶의 본질에 관한 물음을 품은 채 전 세계를 떠돈다. 래리는 마지막에 인도에 도착해 비움의 수행을 마치고 우주의 이치에 대해 깨닫는다. 그리고 다시 뉴욕으로 돌아가 택시 운전을 하면서 평범하게 살아간다.

처음 그 책을 읽었을 때는 소설의 결말에 공감할 수 없었다. 기껏 크나큰 정신적 깨달음을 얻은 후 평범하고 소박하며 고통이 동반된 일상으로 다시 돌아가 버리다니.

한데 요즘에서야 그 의미를 어렴풋이 알 것 같다. 잠시 일상을 멈추고 비워냄으로써 우주와 삶의 이치를 깨달은 사람은 어디에서든 자기 자신으로 살아갈 수 있다. 더 이상 물음표에 매몰되지 않고, 자신이 떠나온 자리로 돌아가 죽을 때까지 삶의 행위를 우직하게 이어 갈 수 있다. 그게 무엇이든 자신에게 의미 있는 일을 하면서 진정 생생하게 살아 있게 된다.

요가원에 벌레가 나타났다!

보통 저녁 수업 때는 어둑한 분위기를 조성하기 위해 보조 조명을 켜는데 그것조차 최소한으로만 사용한다. 그편이 몸과 마음을 연결하고 집중하는 데 훨씬 효과적이기 때문이다.

어둑함 속에서 수련을 하던 어느 날, 회원 한 분이 "으악!" 하고 소리를 질렀다. 벌레가 나타났다. 아무래도 요가원이 주택가에 있고 작은 마당을 낀 건물의 1층에 자리한 탓에 집 주변으로 벌레들이 많이 보인다. 종종 정원에서 벌레가 날아들 때도 있지만 요가원 안으로 (그렇게 큰) 벌레가 들어온 것은 처음이었다. 게다가 발이 무수하게 많이 달린 일명 '혐오 벌레'여서 회원들이 놀란 것도 무리는 아니다.

예전에는 나도 벌레를 보면 냅다 소리부터 지르는 사람이었다. 그런데 요가와 명상을 통해서 모든 존재가 하나로 연결되어 있음을 깨달으면서 이제 벌레에 대한 반응도 다르게 나온다. 벌레를 발견하면 처음에는 예전 습관대로 화들짝 놀란다. 하지만 그다음에는 이러한 질문이 떠오른다.

'벌레를 보고 놀라다니 나는 변함없이 인간적이네. 그런데 나와 이 벌레는 대체 뭐가 다른 거지?'

우리 모두 흙에서 나와 흙으로 돌아가는 존재라는 것을 생각해 보면 벌레나 나나 크게 다를 바 없는 것이다. 익숙지 않은 생명체에 놀라는 것은 두려움에 의한 반사적 행동으로 자연스러운 반응에 가깝지만 놀란 마음을 추스르고 이성적으로 접근해 본다면 어떨까? 징그러운 벌레도 조금은 다르게 보이지 않을까?

종종 남자친구와 함께 있을 때 벌레가 나타나면 우리는 "메리 올리버라면 어땠을까?" 하고 질문한다. 그리고 한번 상상해 본다. 메리 올리버는 초자연주의 시인으로 그녀의 단상을 담은 산문집에는 일반적으로 우리가 두려워하는 다른 생명체에 얽힌 작은 일화가 등장한다. 한 번은 집에 들어온 뱀을 조심스럽게 들어서 바깥에 놓아 주고, 또 한 번은 커다란 거미를 밖에다 풀어 주었다고 한다. 그녀가 그랬던 것처럼 자연을 곁에 두고 살면 마음마저 너그러워지는 모양이다. 아무튼 이러저러한 영향으로 나도 이제 요가원에 들어온 벌레를 볼 때마다 사뭇 진지해져서 공존하는 삶에 대해 생각해 보는 것이다.

물론, 현실에서의 결말은 이렇다.

일단 두꺼운 책을 한 권 꺼내 든다.

회원들을 돌아보며 안심하라는 듯 믿음직한 눈빛을 보낸 뒤, 손에 힘을 주고 "딱!"

'벌레야 미안해. 우리 참 인간적이지?!'

나를 시험에 들게 한 변기

요가원 화장실의 변기가 막혔다. 처음에는 변기 자체의 문제인 줄 알고 팔이 빠져라 막힌 데를 뚫었다. 하지만 이틀 내내 변기는 뚫리고 막히기를 반복했고 그동안 회원들은 근처의 개방 화장실을 찾아다녀야만 했다.

또 다른 날 아침 6시. 일어나 보니 이번엔 변기가 혼자 넘쳐 있었다. 당장 24시 변기 수리 업체를 찾아 부르고 부랴부랴 아침 수업을 취소했다. 급하게 도착한 수리 업체 아저씨는 아침나절의 고요함을 산산이 깨는 쩌렁쩌렁한 목소리로, "막힌 원인은 잘 모르겠지만 배관 청소는 끝냈으니 출장비로 30만 원은 줘야겠소."라고 말했다. 전문가라면서 변기가 막힌 원인조차 제대로 파악하지 못한 게 영 마뜩잖은데 비용까지 바가지 금액이라니! 아무리 인건비가 비싸다지만 출장 한 번에 30만 원은 너무한 것 아닌가. 소란에 잠이 깨 나온 집주인은 변기에 이물을 버려 막힌 게 아니냐며 모든 게 내 잘못인 양 몰아갔다.

이쯤 되자 하필 나에게 일어난 불상사에 대한 억울함이 먹구름처럼 몰려왔다. 이미 벌어진 일을 받아들이고 해결책을 찾아야겠다는 합리적인 생각은 저만치 뒷전으로 밀려나고, 대신 아무 근거 없이 내 잘못으로 몰아가는 집주인에 대한 반발심, 당장 문제가 해결되지 않는 상황에 대한 짜증이 치밀어 올랐다. 게다가 멀쩡한 수업을 취소한 것도 억울했다.

결국 그날 스트레스가 임계치에 다다르자 그 화살은 엉뚱하게 남자친구에게로 날아갔다. "너는 어떻게 그렇게 무심할 수 있느냐" "이렇게 내가 힘든데 뭐 하고 있었느냐" 하고 맹렬한 비난의 말들을 퍼부었다.

내가 격양된 동안 묵묵히 듣고만 있던 남자친구는 다음 날이 돼서야 자신이 그 말에 얼마나 상처를 받았는지 차근히 속내를 털어놓았다. 나 역시 엉뚱한 화풀이가 문제 해결은 물론이고 우리 관계에도 전혀 도움이 되지 않는다는 사실을 막 깨달은 참이었다. '속상하다고 발버둥 치고 저항해 봤자 상황은 달라지지 않는다. 내게 생긴 일들을 담담히 받아들여야 한다.' 그제야 마음이 가라앉고 해야 할 일들이 보이기 시작했다.

다행히 화장실 문제에서도 약간의 실마리가 보였다. 알고 보니 집주인이 제때 정화조 청소를 하지 않아서 일어난 일이었다. 원인은 전혀 다른 데 있었지만 어쨌든 결과는 내 몫이다. 구청에 전화를 걸어 정화조 청소가 가능한 가장 이른 날짜를 알아보니 5일 뒤였다. 그때까지는 참을 수밖에 없었다. 변기 사용을 금하고 역한 화장실 냄새를 참아 가며 인고의 시간을 보냈다. 상황이 억울하지만 집주인에게 화를 내는 대신 수리비 청구 등 나의 온당한 권리를 주장하는 데 집중했다. 정신을 차려 취소한 수업에 대한 후속 조치를 하고, 남자친구에게 퍼부은 비난도 다시 떠올려 보며 반성했다. 그가 받았을 정신적 상처를 보듬는 것도 상처를 준 내 몫이었다.

문제는 언제나 현실을 피하고 저항하려는 것에서부터 시작된다. 이 소동을 겪으면서 나는 어떤 상황에서든 타인에게 화를 내거나 위로를 바라기 전에 스스로에게 질문하고 위로하는 습관이 중요하다는 것을 깨달았다. 어떤 문제가 생겼을 때 '짠' 하고 해결사가 나타나 주길 바라는 마음은 지나친 욕심이 아닐까? 타인에게 바란 위로를 나 스스로 할 수도 있을 것이다, 이렇게.

많은 일들이 한꺼번에 닥쳐서 힘든 거죠? 그런데

아무도 깊이 위로해 주지 않아 더 힘든 거죠?

속상하고 억울한 그 마음을 알아주지 않아서 힘든 거죠? 혼자 감당하기에 벅차 무력함을 느낀 거죠?

좋아하는 요가 수업을 취소한 게 속상한 거죠?

괜찮아요. 당신 탓이 아닌걸요. 너무 많은 것을 혼자 감당하려고 하지 말아요. 가슴을 활짝 열고 자기 마음을 받아 주세요. 모든 것이 스스로 완전해지고 나아질 수 있게 내버려 두세요.

통제하려는 마음을 내려놓고 당신을 돌보세요. 너무 멀리 내다보지 말고 지금 이 순간에 해야 할 일에 집중해 하나씩 천천히 해 봐요.

이 일로 소진된 에너지를 충전하기 위한 시간을 가져 봐요. 이 소란이 지나가면 당신은 쉬어도 돼요. 당신은 그럴 자격이 있어요.

며칠 사이 모든 것이 제자리를 찾아갔다. 결국 화장실 사건은 더 큰일로 번지지는 않았다. 정화조 청소를 한 뒤 변기는 다시 멀쩡해졌고, 한 번의 휴강 역시 큰 타격은 아니었다.

이 일을 계기로 봉변 같은 사건이 터질 때마다 내

가 주변 사람들에게 하는 말들을 되짚어 보고 말 속에 깃든 나의 속내를 살피게 됐다. 실제로 일어난 일에 집중하는 게 아니라 감정의 소용돌이에 휘말리는 순간, 상황은 마치 눈덩이처럼 불어나 큰 걱정거리로 돌변한다.

하지만 이제는 안다. 상황을 덤덤히 받아들이고 차근히 풀어 나가면 엉킨 실타래가 조금씩 풀린다는 것을. 주체적으로 이 길을 택한 만큼, 문제의 해결법 역시 내 안에 있는 만큼, 다른 이를 탓하거나 기대기 전에 나 스스로 마음을 돌보고 다독여야 한다는 것을. 화장실이 막힌 게 그 누구 탓이든지 그 사람을 원망하고 부정적 감정에 사로잡혀 있다간 아무것도 해결되지 않는다는 것을.

어떤 일은 그냥 벌어지고 우리는 그것을 감내해야 한다. 그러니 별수 없다. 골백번 넘어져도 일어나고 또 일어나는 수밖에. 넘어진 나를 일으켜 세우는 것은 언제나 나 자신이다.

옴 챈팅을 하다 벌어진 일

불교에서는 옴唵을 태초의 소리, 우주의 모든 진동을 응축한 신성한 소리라고 여긴다. 모든 진언에서 시작되는 소리이자 씨앗 소리, 영적인 파장을 일으키는 음절이기도 해서 "옴~" 하고 반복적으로 연호하면 심신을 집중하고 명상하는 데 도움이 된다. 이러한 수련법이 바로 옴 챈팅chanting이다. 전통 요가에서는 옴 챈팅을 계속하다 보면 우주의 기운을 느낄 수 있고, 호흡과 생명 에너지를 깨워 활력을 되찾을 수 있으며, 굳어 있는 몸과 마음을 이완해 준다고 말한다.

여럿이서 함께 옴 챈팅을 하면 각각의 목소리가 모여 진폭이 크고 웅장한 하나의 소리를 이룬다. 그러면 금방 신성한 진동의 에너지로 공간이 꽉 차는데 그 감동은 말로 표현할 길이 없다. 언젠가 수련자들이 함께 모여 옴 챈팅을 108번 한 적이 있는데, 처음에는 소리의 진동으로 머리가 어지러울 지경이었지만 시간이 지날수록 각성하면서 머릿속이 정화되는 느낌이었다. 그 경험이 워낙 강렬해서 한참 전부터 내가 진행하는 수업에서도 옴 챈팅을 활용해 보고 싶었지만, 그 용어와 의미에서 묻어나는 종교적 색채 때문에 모든 수업에 적용하기에는 조심스러웠다.

그 날은 처음으로 옴 챈팅을 시도해 본 날이었다. 회원들에게 차례대로 돌아가며 한 번씩 '옴'을 연호해 보라고 주문했다.

"홍주 님, 희건 님, 아름 님……"

요가원에 퍼지는 소리의 울림이 신성하고 아름다웠다. 세 번째 회원까지 옴 챈팅이 무난히 이어졌고 나는 열린 마음으로 임해 주는 그들이 무척이나 고마웠다. 그런데 네 번째 회원이 "옴~"을 시작하다 말고 웃음을 터뜨리고 말았다. 동시에 여기저기서 피식거리는 소리가 났고 순식간에 분위기가 흐트러졌다. 하지만 나는 그 상황에 동요하지 않고 아무 일도 없다는 듯이 다음 순서를 호명했다.

아무래도 처음 옴 챈팅을 하다 보면 익숙하지 않은 음절 하나를 콕 짚어 진지하게 발음하는 행위가 어색하게 느껴질 수 있다. 그럴 때 안내자는 회원들의 동요에 휩쓸리지 말고 다시 중심을 잡아 줘야 한다. 아무 일도 없었다는 듯이, 전혀 어색하지 않다는 듯이.

사실 나도 수련 중에 웃음이 터져 곤란했던 적이 있다. 몇 년 전, 걷기 명상을 배우러 갔을 때 진지하게 행렬을 따라 걷다가 마주 오는 친구와 눈이 마주치는 바람에 와락 웃음이 터져 나왔다. 그 당시 안내자 선생님은 진지하지 못한 나의 태도를 호되게 나무라셨다. 나는 많은 사람들 앞에서 꾸중을 듣는 게 민망하면서도 의도치 않게 웃음이 터진 게 그렇게 화낼 일인가 싶어 속상했다.

한데 이제 안내자의 입장이 되어 보니 나를 꾸중한 선생님의 마음도 이해가 된다. 진지하게 수련하는 다른 이들에게 방해되지 않도록, 분위기가 더 흐려지기 전에 따끔하게 단속한 것이다. 하지만 이런 아쉬움은 남는다. 그때 나를 혼내기보다 모른 체해 주셨다면, 나 스스로 부끄러워서 다시 진지함을 되찾게 도와주셨다면 어땠을까?

그때보다 수련이 더 깊어진 지금은 옴 챈팅을 하건 명상을 하건 만트라mantra(영적 작용을 일으키는 발음이나 구절. '옴' 역시 만트라에 속한다)로 노래를 하건, 그것이 얼마나 신성한 행위이며 깊은 각성을 일으키는지 잘 알고 있어 전혀 웃기지 않다. 수련이 일상이 되고 옴 챈팅이, 명상이, 만트라가 생활 언어가 되면서 일어난 자연스러운 변화다. 하지만 생소한 것을 처음 접할 때면 누구나 어색하게 느낄 수 있다. 진지함은 결심으로 얻어지는 것이 아니라 피상적인 앎을 넘어 그것에 깊이 접속할 때 자연스레 동반하는 것이다.

그러므로 혹시 옴 챈팅을 처음 하는 사람이 갑자기 웃음을 터뜨린다면 괜찮다고 말해 주고 싶다. 지도자에게는 수련을 대하는 진지함, 입문자를 대하는 너그러움과 친절함, 사람들을 이끌겠다는 굳건한 의무감…… 이 모든 것이 필요하다. 아무리 실력 있는 지도자라 해도, 모두를 끌어안을 수 있는 넓은 품과 이해하고 공감하려는 마음이 부족하다면 좋은 안내자는 될 수 없을 것이다.

가르침의 비결

회원들이 가끔 묻는다.

"선생님, 명상 멘트는 늘 따로 준비하는 거예요?"

시즌 1 때는 그랬다. 매일 하나의 명상 주제를 정하고 주제에 대해 성찰한 것들을 노트나 노트북에 적어 두었다가 읽어 주었다. 또한 매번 요가 시퀀스(영화에서 몇 개의 신이 이어져 시퀀스를 이루듯, 요가에서도 여러 동작을 이어 시퀀스를 구성한다)를 미리 짜 두고 계획대로 진행하는 데 신경을 썼다. 그런데 언젠가부터 그런 완벽한 준비가 부자연스럽게 느껴졌다. 지금 가슴에 있는 말이 아니라 이미 흘러간 과거의 말들을 기계적으로 읊고 있는 것만 같았다. 이미 지나가 버린 생각은 가슴을 울릴 수 없는 법이다.

그래서 시즌 2에서는 애써 멘트를 준비하거나 외워서 전달하지 않으며, 지금의 성찰을 통해 가슴에서 우러나오는 말들을 그대로 들려준다. 물론 그러기 위해서는 언제고 들려줄 만한 이야기가 내 마음에 차오를 수 있도록 다른 방식의 준비가 필요하다. 혼자서도 꾸준히 요가 수련을 하고, 명상을 하고, 책을 읽으며 시간을 보내면서 평소에 나를 잘 돌보는 것이다. 그러면 수업 때마다 나도 모르게 적절한 명상 멘트와 요가 시퀀스가 떠오른다.

지나친 준비는 통제하려는 욕망에서부터 비롯된다. 사실 내 통제의 역사는 오래됐다. 회사에 다닐 때는 모든 것을 준비하고 통제해야 직성이 풀렸다. 새 기획안 발표가 있으면 밤을 새워 가며 모든 내용을 외우고 발표 연습을 했다. 그런데도 꼭 결정적인 순간에 실수하거나 말하고 싶은 것을 놓치기 일쑤였다. 새로운 프로젝트를 맡을 때면 그 결과를 상상하느라 정작 과정에는 집중하지 못했다. 잘하고 싶다는 욕심, 결과에 대한 집착과 기대가 너무 커서 일을 그르치거나 기대한 순간을 온전히 즐길 수 없었으며, 그러다 보니 언젠가부터 새로운 일을 시작하려면 두려움이 앞섰다.

그러던 내가, 요가를 가르치면서 비로소 그 순간을 즐기는 기쁨을 알게 됐다. 잘하려고 잘 보이려고 인정받으려고 애쓰는 게 아니라, 춤추듯 요가하고 노래하듯 명상을 이끈다. 현재 느끼는 것에 집중해서 함께 수련하다 보면 그때만큼은 회원 모두와 연결되어 하나가 된 것만 같다.

매번 다른 멘트와 시퀀스로 수업을 진행하다 보면 나조차 그다음 순서에 어떤 요가 동작이 이어질지

몰라서 함께 수련하는 기분으로 임할 수 있다. 감사한 일이다. 철저히 모든 것을 준비할 때보다 수업도 훨씬 더 잘 흘러간다. 그러므로 내 가르침의 비결이 있다면, 통제하지 않는 것, 그저 큰 힘과 흐름에 나를 내맡기는 것이다.

또한 나는 적어도 요가 선생님의 역할 속에 있을 때만큼은 분별없이, 열린 가슴으로 타인에게 공감하려고 한다. 아무래도 요가나 명상은 몸과 마음이 지쳤거나 영혼의 치유가 필요한 사람들이 많이 찾는 편이다. 매번 그들의 이야기를 듣고 보듬다 보면 타인의 고통에 깊이 공감하는 존재로 성장할 수밖에 없다. 요가는 생각의 흐름을 멈춰 현재에 집중하고 진정한 자신인 참자아를 탐구하라고 요구하는데, 수련과 명상을 통해 참자아와 연결되는 경험을 하고 나면 타인을 사랑하고 연민하는 것이 무엇인지를 가슴으로 느낄 수 있다.

사람들을 치유로 이끄는 요가 안내자로 살다 보니 타인을 향한 사랑과 연민에 주파수를 맞추는 게 삶의 습관으로 자리 잡았다. 나는 각자의 정체성 안에 갇혀 있는 우리가 부디 혐오, 미움, 편견에서 벗어나 함께 나아가기를 바란다. 나 역시 그 과정에 있다는 것을 확신한다. 비록 실수도 잦고 더디게 나아가고 있지만 언젠가는 깨달음의 길 위에 당당히 설 것이라고 믿는다.

그래서 요즘은 나만을 위한 기도가 아닌 우리를 위한 기도를 한다.

욕심 때문에 어려움과 고통을 겪는 모든 이들이 사랑과 평화의 품으로 돌아오기를. 모두 내려놓고 비울 수 있는 지혜를 얻기를.

모든 이들이 무지한 목소리에 휘둘리지 않고 참자아로서 편안하게 숨 쉬며, 자신의 몸 안에서 영혼의 뿌리를 발견하게 하소서.

이런 기도가 가슴에서 절로 우러난다. 모두에 대한 사랑을 가슴에 품고 함께 성장하고 건강해지는 그날을 위해 연민하고 기도한다. 기대하거나 집착하지 않고 이 자리에서, 이 순간의 그들을 위해 기도한다.

내 존재의 소명이 있다면 그것이라고 믿는다. 그것이야말로 부족한 내가 누군가를 가르칠 수 있는 비결이다.

얼굴 알려진
요가 선생님의 곤란함

지난주에 이런 일이 있었다.

남자친구와 동네 카페에 앉아 속 이야기를 나누며 간식거리를 먹고 있었다. 옆 테이블에 앉아 있던 사람이 나가려다 말고 다가와서 "혹시 언와인드 요가 선생님 아니세요? 저 SNS 팔로워인데 인사드리려고 왔어요." 하는 게 아닌가.

순간 당황하고 민망해서 얼굴이 붉어졌는데, 내가 씌워 둔 요가 선생님의 바른 이미지를 깬 것이 부끄러웠던 것 같다. 왜, 요가 선생님도 남자친구랑 카페에서 수다 떨 수 있지 않은가? 그 누구도 뭐라고 하지 않았건만 스스로 환상 안에 살고 있다는 것을 깨닫게 한 사건이었다.

그다음 날에는 친구와 커피를 마시러 서촌에 갔다. "언와인드 요가 선생님 아니세요?" 맙소사!

누군가가 나를 알아봐 주었다는 사실이 반갑고 고마우면서도 한편으로는 당황스러워 숨고 싶었다. 이번에도 나는 어색한 웃음을 지으며 인사를 나눈 뒤에야 비로소 그 자리를 뜰 수 있었다.

남자친구와 제주도에 갔을 때도 비슷한 일이 있었다. 어느 요가원의 수련 프로그램을 들으려고 스튜디오에 들어서던 차였다. "어? 언와인드 요가 선생님 아니세요?" 하하하.

나는 더 이상 숨을 곳이 없었다. 그간 SNS를 통해 홍보하고 소식을 알리면서 팔로워가 제법 늘었는데 그렇다고 사적인 생활조차 편안하게 즐길 수 없을 줄이야! 하지만 SNS로 나를 알린 덕분에 그간 무리 없이 원하는 방식으로 요가원을 꾸려 올 수 있었던 것이기도 하다. 나는 마치 구름이 끼고 비가 흩뿌리는데 어디선가 해가 솟는 변덕스러운 날씨만큼이나 이상한 기분이 들었다. 비약이긴 하지만 연예인들이 얼굴을 꽁꽁 숨기고 다니는 마음을 조금이나마 이해할 수 있었다.

그런데 누군가가 나를 알아보는 게 왜 그렇게 어색하고 불편한 걸까? 보통 이런 불편한 상황이 닥치면 거기에서 빨리 벗어나 피하려고만 한다. 하지만 반대로 그 상황에 더 깊게 파고들어 관찰할 수도 있다. 마음을 세심히 들여다보고 상황을 명확히 인지하는 연습이 필요하다. 피하고 싶은 순간일수록 내 삶의 변화를 이끌어 낼 작은 실마리가 숨어 있게 마련이므로.

앞서 언급한 대로 그 상황이 불편한 것이 '이상적인 나'라는 환상 때문이라면 나는 조금 더 가벼워질 필요가 있다. 타인을 이끄는 일을 계속해 나갈수록, SNS를 통해 나를 알릴수록 사람들이 더 많이 알아보고, 궁금해하고, 더 많은 일들이 다가올 것이다. 당장 피하고 싶다고 해서 숨는 것은 궁극적인 해결책이 아니다. 우주는 계속 나에게 그런 일들이 생기게 할 것이다.

책을 쓰는 일도 마찬가지다. 내 이름이 남고, 내가 어떤 사람인지, 뭘 하며 살아가는지 낱낱이 드러난다. 사람의 생각과 말과 행동은 늘 변하지만 책에는 그 당시 쓴 것만이 정답인 양 고스란히 남을 텐데 과연 괜찮을까? 그렇다고 타인의 시선과 판단이 두려워서 이 일을 그만둔다면 그게 옳은 선택이라고 할 수 있을까? 분명히 머지않아 또 다른 일로 같은 고민에 부딪힐 것이다.

그러므로 해결법은 한 가지다. 내 속에 있는 것을 솔직하게 쓰고 깊이 담아 두지 않는 것. 이상적인 나의 틀에서 벗어나 존재감의 무게를 내려놓으라. 내 선택에서 비롯된 일을 받아들이고 진실된 마음으로 이 상황에 나를 바쳐 보라.

매트 위에서 부단히 수련해야 하는 나의 운명을 있는 그대로 받아들이는 것, 사람들에게 나를 알려야만 하는 상황을 그대로 받아들이는 것, 미성숙한 생각일지라도 현재의 진솔한 이야기를 쓰는 것, 그것이야말로 내가 지금 맞닥뜨린 상황에서 할 수 있는 최선이다. 내가 만든 이상적인 정체성의 틀에 갇히지 않고, 우주가 내어 준 자리를 거스르지 않을 때, 모든 것이 순조롭게 풀리고 즐거워진다.

삶은 매일매일이 나를 창조하고 파괴하는 시간이다. 석가모니도 이런 말을 했다. "고정된 것은 아무것도 없다!"라고. 인간이 얼마나 자기가 만든 환상에 고정되어 붙들리고 싶어 하면 이 말로 우리를 깨우치려 했겠는가. 그 가르침에 따라 오늘도 나는 있는 그대로의 나를 받아들인다. 그것이야말로 행복과 평온의 기술임을 알아 간다.

요가원 운영의 비법을
공개합니다

나에게 요가원 운영의 비법을 물어보는 사람들이 있다. "저도 요가 수업을 작게라도 시작해 보고 싶은데 어떻게 해야 할지 모르겠어요. 팁 좀 주세요."

이럴 때 참 난감하다. 딱 내가 한 방식으로 요가원을 시작한다면 알려 드릴 수 있지만, 각자의 상황과 기질이 다르듯 그에 맞는 방식도 제각각일 것이기 때문이다. 요가원을 운영한 지 3년쯤 지나고 보니 그 비법이란 게 따로 없다는 생각도 든다. 자기계발서 보듯 다른 이의 방법을 그대로 따라 해 봤자 결과까지 똑같을 순 없다. 대체 그 수많은 자기계발서는 왜 그렇게 열심히 읽었을까?

나는 어떤 문제를 해결할 때 채우는 방식으로 해결하는 사람이었다. 채운다는 것은, 일단 목표를 설정하고 가능한 수단과 방법을 모두 동원하는 것이다. 하고 싶은 게 있으면 참지 않고 행했고, 필요한 정보와 요령은 재빠르게 습득했으며, 갖고 싶은 게 있으면 가져야 직성이 풀렸다. 사람들의 눈과 마음을 현혹하는 데도 꽤 능숙했다. 여태 그걸로 월급 받아 먹고살던 사람이니까 그럴 만했다.

그런데 지금은 잘하려는 표면적 노력, 즉 채우는 것만이 잘하는 방법이라고 생각하지 않는다. 깊이와 진정성이 없으면 절대 목표에 이르지 못한다는 것을 알기 때문이다. 특히 요가와 명상이라는 분야가 그렇다. 눈으로 현혹하는 방법을 연구하는 게 아니라 에너지를 고스란히 전하기 위해 수련부터 해야 한다. 채움이 아닌 비움이다. 그것을 깨달은 후 SNS 홍보 이벤트나 매체 인터뷰와 같이 '똑똑한 머리'로 벌이던 일들을 다 내려놓고 비움 수련을 하기 시작했다. 홍보에 매달릴 시간에 조용히 앉아서 명상을 더 깊이 하고, 다른 선생님을 찾아가 새로운 요가를 배웠다. 이제껏 요가원을 알리기 위해 요란스레 벌인 일들이 점점 의미를 잃어 갔다.

신기하게도 그렇게 마음을 비우고 나니 오히려 원하는 것이 더 쉽게 이루어졌다. 많은 수강생이 아닌 맘 맞는 회원들이 모여들고, 드나드는 분위기가 잦아들어 진득하게 동행하는 수련이 가능해졌다. 나는 몸소 비움의 태도가 삶에서 얼마나 중요하며 나를 행복하게 하는지 깨달았다.

물론 인위적 노력이 필요한 시기도 있다. 초창기

에 내가 SNS로 홍보하지 않았다면, 원데이 클래스 같은 이벤트를 벌이거나 잡지 인터뷰를 하는 등 외부로 드러난 무수한 노력을 하지 않았더라면, 언와인드 요가는 어쩌면 시즌 1 이후로 이어지지 못했을 수도 있다. 그리고 그런 노력들이 없었더라면 그것을 내려놓은 지금의 행복도 알지 못할 것이다. 하지만 적어도 요가나 명상을 안내하는 사람이 되고 싶다면, 비움의 태도를 잊지 말라고 당부한다. 이제 나는 무슨 일을 하더라도 의도와 목표를 세우고 매 순간 열심히 하되, 기대를 내려놓고 욕심을 비운다.

일례로 아사나도 나에게는 비움의 연습이었다. 한때 더 많은 아사나를 빨리, 완벽하게 습득하고 싶은 욕심이 넘쳐 날 때도 있었다. 이제 완벽한 아사나에 대한 욕심은 사라졌다. 대신 내가 의식한 대로 몸을 움직이는 게 얼마나 경이로운 일인지 깨닫고 그 느낌에 집중한다. 그 경이로움은 아사나를 멈추지 않고 계속하게 하는 원동력이 된다. 몸과 의식이 연결된 그 기분을 느끼는 것이 즐거워서, 나도 모르게 계속 요가를 한다.

그러므로 '똑똑한 머리'로 할 수 있는 컨설팅과는

별개로, 가슴속 깊이 추천하고 싶은 요가원 운영 방법은 비움뿐이다. 너무 멀리 내다보지 않고, 지나친 기대를 하지 않으며, 지금 주어진 삶을 성실한 마음으로 사는 것. 어쩌면 조금 단순해지는 것이야말로 가장 지혜로워지는 길인지도 모르겠다.

명상하는 마음

나로 사는 기쁨

초등학생 때 장래 희망을 적어 내는 칸에 나는 매번 '유치원 선생님'이라고 썼다. 매일 귀여운 아이들을 돌보면 행복할 것 같았다. 네 살 터울의 남동생이 귀여워서 살뜰히 돌보고 함께 놀았던 영향이 컸을 것이다.

그 꿈을 접은 것은 중학생 때였다. 어른들이 유치원 선생님보다 더 훌륭한 사람(아마도 사회적으로 더 명망 있고 돈 잘 버는 직업을 가진 사람)이 되어야 한다고 압박했기 때문이다. 고학년이 되고 성적이 오르니 압박은 더 심해졌다.

나는 어른들의 이야기를 믿고 따랐고 유치원 선생님이란 꿈은 마음 깊숙이 넣어 둔 채 다시는 꺼내 보지 않았다. 외부의 잣대를 따른 뒤로는 애초에 소박한 꿈을 꾼 내 자신이 창피하게 느껴졌다. 나는 어른들 말처럼 훌륭한 직업을 가진 사람이 되기 위해 열심히 공부했다. 그래야만 완벽하고 행복한 사람이 되는 줄 알았다.

한때 내가 가진 적이 있는 사회적으로 인정받는 직업, 안정적인 수입, 화려한 인간관계는 대부분 사람들이 선망하는 '좋은' 것들이다. "그 연예인 봤어? 우와 넌 좋겠다. 그렇게 유명한 사람들이랑 같이 일해서……." 때로 친구들은 사소한 것에도 부러움을 드러냈다. 하지만 그러한 시선에 으쓱하면서도 마침내 마주한 것은 공허함이었다. 성취하면 할수록, 물건을 가지면 가질수록 더 부족하다는 느낌이 들어 삶의 진정한 의미에 대해 더 자주 고민하게 됐다.

외부의 잣대에 맞춘 껍데기를 벗어던지기로 결심한 30대 중반, 회사를 그만둔 후 처음에는 아무것도 하지 않았다. 일어나고 싶을 때 일어나고 일어나서도 누워서 하늘만 바라보다가 다시 잠들었다. 요가 하는 사람이 되겠다는 막연한 생각을 품긴 했어도 요가를 가르쳐 보겠다는 구체적인 결심이 선 것은 그때였다. 갑자기 내 자리가 직감적으로 떠올랐다. '요가를 가르쳐 보자! 요가 안내자가 되자!'

꼼꼼한 계획이나 진지한 고민 끝에 나온 묘안이라기보다는 갑자기 튀어나온 희망에 가까웠다. 하루 종일 누워 아무 생각 없이, 아무 걱정 없이 비워 두기를 허락했을 뿐이다. 그러다 문득 떠오른 진심을 받아들였을 뿐.

그 후로 수련하는 삶을 살면서 힘을 빼고 속을 비워 내야만 그 자리에 빛이 스며들고 자신의 역할에 대한 응답이 온다는 사실을 깨달았다. 가슴속 진실에 귀 기울이는 것은 생각을 비워야만 가능한 일이다. 그제야 몸과 마음의 상태가 일치된다.

지금도 간혹 마음이 헷갈릴 때면 바깥에서 답을 구하기보다 내면에 집중해 혼란을 가라앉히고 생각을 정리해 본다. 혼자 있는 시간을 늘리고 가만히 앉아 답이 떠오르기를 기다린다. 조금씩 가슴의 진실에 귀 기울이는 법을 알아 가고 있다.

나는 그동안 남들이 좋아하는 걸 좇느라 내가 무엇을 좋아하는지 모른 채 살아왔다. 어떻게 그토록 감쪽같이 나를 속여 왔는지 놀라울 정도다. 내가 믿어 온 신념들에 하나하나 새로운 질문을 던져 보노라면 가슴은 이전과 전혀 다른 대답을 내놓는다. 내 스스로 설정한 이미지와 편협한 논리를 하나씩 벗어던질수록 나는 더 자유로워진다.

나는 지금처럼 기쁜 적이 없었다. 예전에 느낀 성취감이나 만족감과는 전혀 다른 차원의 행복을 느낀다. 나로 사는 자유와 기쁨이야말로 우리가 삶에서 추구해야 할 궁극의 행복이 아닐까?

세상이 만들어 놓은 기준에서 벗어나 자신이 원하는 목소리를 따라 산다면 정말 많은 것들이 새롭게 보이고 변할 것이다. 세상의 울타리를 넘어설 때마다 두려움이 앞서지만 넘고 난 뒤 돌아보면 그것은 너무나 작고 보잘 것 없다.

앞으로도 넘어야 할 울타리는 계속 나타날 것이다. 그리고 그럴 때마다 다짐할 것이다. 진정한 나로 살지 못하게 방해하는 외부의 목소리를 잘 가려내 흘려보내겠다고. 원하는 것을 알면서도 두려움 때문에 그것을 외면하지 않겠다고. 용기 있게 두려움을 넘어야만 나를 책임질 용기가 생긴다. 나는 나의 뿌리로 돌아가는 여정 위에 있다.

요가 선생님은 누가 치유하나요?

요가를 운동법이라 생각하는 사람도 있고, 한때 핫요가 등 현대 요가 붐이 불면서 다이어트 수단으로 생각하는 사람도 있다. 하지만 'Yoga'라는 말은 산스크리트어 'yuj'의 파생어로 '결합하다' '단단히 잡아매다'라는 뜻이며, 특정한 자세를 통해 몸과 마음을 수련하고 정신적으로 초월적 자아와 하나 되어 황홀경의 상태에 도달하는 것을 목표로 한다. 즉 요가는 몸의 수련을 통한 정신수행법이다. 그러므로 요가원은 단순히 수련 동작을 가르치는 곳이 아니라 내면을 들여다보고 마음과 정신을 가다듬어 수행하는 공간이다. 이런 이유로 나는 요가가 움직이는 명상이라고도 생각한다.

나는 요가 수련을 하면서 내 감정과 마음을 한 발짝 떨어져 관찰하는 습관을 통해 비로소 나를 이해할 수 있었다. 몸과 마음이 연결되면서 자연스레 마음의 치유가 일어났다. 이렇게 좋은 치유의 길로 다른 사람들도 이끌고 싶었다. 그들의 굳어 있는 몸과 마음을 풀어 주고 가슴 깊은 곳의 응어리를 만져 주는 것이야말로 내가 가장 잘할 수 있는 일이며 보람을 느끼는 일이라고 자신했다. 그도 그럴 것이 회사에 다닐 때도 종종 후배들이 찾아와서 털어놓기 어려운 고민 상담을 청했고, 친구들도 마음이 요란할 때면 으레 나를 찾아와 속 이야기를 하곤 했다.

한데 얼마 전 이런 나를 시험하는 일이 있었다. 일주일 사이 아픈 사람들이 너무 많이 다녀간 것이다. 내가 감당하기 힘들 정도로 깊은 상처와 트라우마가 있는 사람들이었다. 전 부인과의 소송에 휘말린 사람, 30년간 키워 주신 부모가 친부모가 아닌 것을 알게 된 사람, 불치병에 걸린 사람까지……. 이제까지의 고민 상담은 나도 비슷하게 겪어 본 아픔이거나 사랑하는 이들이 겪고 있는 현실이어서 공감과 연민이 절로 우러나는 경우였다. 하지만 이번에는 달랐다. 감히 내가 상상할 수조차 없는 어두운 상처들이었다.

그들의 이야기를 듣자마자 나는 두려움이 앞서 그 아픔을 외면하고 나와 선을 긋고 싶었다. 마음은 이렇게 외쳤다.

'네 행복을 방해하는 이야기들이야. 나쁜 에너지가 너무 많이 몰려오고 있어. 이것 봐. 그 기운이 너한테 나쁜 일을 일으키고 있어! 평생 타인의 아픔을 함께 짊어지고 살다가는 네 삶부터 망가질 거야!'

이대로는 안 될 것 같아 정신을 바짝 차렸다. 그리고 책상 위에 올려 둔《비폭력 대화》라는 책을 들춰 보았다. 이 책은 국제평화단체인 비폭력대화센터CNVC의 설립자인 마셜 B. 로젠버그Marshall B. Rosenberg의 저서로 사람들과 자연스럽게 연민이 우러나는 유대를 맺는 데 도움이 되는 구체적인 대화 방법으로 비폭력 대화Non Violent Communication를 제시한다. 책을 보면서 내가 에고의 목소리에 휘둘린 탓에 타인의 고통을 쉽게 외면했다는 사실을 명확히 알 수 있었다.

책을 덮은 후 내게 그 책을 선물해 준 한국NVC센터 대표님의 집에 찾아갔다. 대표님은 마셜 B. 로젠버그와 함께 오랫동안 일하고 경험을 쌓은 분으로, 우리 요가원 근처에 살고 계신 덕분에 회원으로 만난 사이였다. 첫 만남은 평범했으나 내가 성장해야 할 시기에 일종의 계시처럼 찾아온 그분과의 인연이 특별하게 느껴져 이런 순간에 꼭 만나 뵙고 싶었다.

나는 누구보다 상담과 치유에 자신 있던 나에게 어려움이 찾아왔다는 이야기를 털어놓으며 비폭력 대화가 성장의 좋은 거름이 될 것 같아서 조언을 구하러 왔다고 말씀드렸다. 대표님은 따뜻하게 자신의 경험과 비폭력 대화의 기술들을 알려 주셨다. 나는 성숙한 어른의 지혜를 온몸으로 느낄 수 있었다. 그리고 내가 치유할 사람뿐 아니라 나를 치유해 줄 사람도 함께 주어진다는 놀라운 삶의 이치를 깨달았다. 경험이 많은 스승이 가깝고 따뜻한 인연으로 나를 찾아온 것이 기뻤다.

다시 마음을 가다듬었다. 죄책감이나 무언가를 얻고 싶은 마음 때문이 아니라 진정한 치유와 기쁨을 위한 베풂으로 나아갈 때가 온 것 같았다. 나의 진정한 베풂이 다른 사람의 행복에 도움이 된다면 더없이 기쁘리란 사실은 이미 경험으로 알고 있었다. 내가 감당할 수 없는 타인의 상처는 없다. 타인의 이야기를 들을 때 편견으로 분별해 들어선 안 된다. 층위를 두지 않고 모든 아픔에 귀 기울이는 것이 중요하다. 드러난 이야기 내면의 아픔에 초점을 두고 그것에 공감해 주어야 한다. 진정한 치유란 그때 일어난다.

문득 얼마 전 회원들과 차크라 카드를 할 때가 떠올랐다. 산스크리트어로 '바퀴' '원형'을 뜻하는 차크라는 요가와 명상의 주요 개념으로 인간의 육체와 정신의 중심부이자 영적 에너지의 소용돌이를 말한다. 차크라 카드는 자신의 차크라 에너지를 점쳐 보고 차크라의 균형을 회복하는 메시지를 담은, 차크라로 보는 타로 카드 같은 것이다. 그때 내가 뽑은 카드는 '본능'이었다. '지켜주는 이가 될지 보호받는 이가 될지 그것은 그때가 되면 알게 될 것이다. 그저 앞으로 나아가라'는 메시지였다. 그때는 그게 무슨 의미인지 미처 알지 못했지만 지금 생각해 보니 소중한 사람의 도움으로 치유받은 내가 이제 다른 이를 치유할 차례라는 이야기 같다.

이란의 신비주의 시인 루미Rūmī의 시 중에 이런 구절이 있다.

> 흙의 신실함은 참으로 미덥다.
> 무엇을 심든지 심은 대로 거둔다.
> 그러나 봄철이 하나님 손길을 이끌어 오기까지
> 흙은 그 비밀을 드러내지 않는다.
> (중략)
> 흙은 제 안에 심어진 씨앗에게 아무런 마음과 기대를 품지 않는다.

그의 존재 자체가 씨앗에게는 뿌리를 내리고 싹을 틔우고 꽃과 열매를 맺는 데 필요한 모든 것이 되는데도 씨앗에게 무엇도 바라지 않는다. 너의 모든 것이 되겠다는 마음은 어디에도 없다.

흙은 마음이 없다. 마음이 없는데 무슨 비밀이 있을 것이며, 그 비밀을 어디에 감추어 두겠는가?

우리는 스트레스를 받거나 슬픔, 우울, 고통에 빠지면 과거나 미래라는 허상에 쉽게 기댄다. 의식의 자각이 없는 상태에서는 아무거나 먹고 아무 사람이나 만난다. 현재 자신에게 닥친 고통을 덮을 수 있는 자극적인 것에 끌린다. 무한하고 큰 존재를 인식하지 못하고 유한하고 불안한 '작은 나' 안에 갇혀 산다.

나는 이제 어떤 일이 일어나든 내 가슴의 사랑 안에 머물기를 원한다. 또다시 내가 만든 그림자 안으로 들어가려고 하는 순간, 그것을 알아차리고 마음 챙김을 하려고 노력한다. 물론 이번처럼 잘되지 않을 때도 있다. 습관화된 이기심은 나를 고통으로부터 보호하겠다는 명목하에 틈만 나면 보호막을 친다. 언제나 사랑과 관용에 주파수를 맞추고 있어야만 타인에게 진심으로 공감하고 연민할 수 있다는 점을 잊지 말아야 한다. 이기적인 거짓자아에서 해방되는 것만이 우리를 자유롭게 할 것이다.

나는 루미의 시처럼 흙 같은 영혼이 되고 싶다. 아니, 한편으로는 흙이 되고 싶다는 마음을 품은 자아로부터도 자유로웠으면 좋겠다. 내 영혼은 오늘도 그 길로 힘차게 한 발 더 내디딘다. 결과야 어찌 됐든, 지금의 내가 어떤 과정에 있든!

나는 더 이상
행복에 대해 묻지 않는다

앞으로 일어날 변화들은
현재 작용하는 힘의 산물이다.
나쁜 것도 좋은 것도.
- 박노해

영화 〈컨택트arrival〉를 보았다. 이 SF 영화는 테드 창의 소설 《당신 인생과 당신의 이야기》를 바탕으로 만든 작품이다. 언어학자가 외계의 생명체와 소통하기 위해 그들의 언어를 배우면서 의식 구조가 바뀐다는 설정으로 이야기가 전개된다. 종국에는 외계의 언어를 배운 언어학자가 과거와 미래를 모두 볼 수 있게 되지만 애써 미래를 바꾸려고 하기보다 자신의 예견된 운명을 받아들이고 현재에 최선을 다해 살아간다는 이야기로 끝을 맺는다.

미래를 알게 된다면 그건 행운일까 불행일까? 당신이라면 미래의 비극을 빤히 보고도 지금의 행복에 집중하며 운명의 길로 기꺼이 향할 수 있겠는가? 선뜻 답하기 어려운 질문이지만 이것만은 확실하다. 그 언어학자처럼 현재에 집중해 살아가길 택한다면, 이미 그런 삶을 살고 있다면, 당신은 용기 있는 사람이라는 것.

나는 궁금하다. 왜 우리가 이토록 현재를 견디지 못하는 것인지, 무엇이 우리를 나약하고 비겁하게 만드는 것인지. 행복을 느낄 새도 없이 평생 과거와 미래라는 허상을 좇도록 명령하는 무의식으로부터 어떻게 벗어나야 하는지.

이전의 나는 늘 '지금 행복한가?' 하고 묻는 사람이었다. 원하는 것을 이루거나 얻으면 행복할 거라고 생각했고 목표를 위해 쉴 새 없이 달렸다. 열심히 달리는 데 에너지를 쏟다 보면 어느새 행복은 저만치 달아나 있었다. 그러면 또다시 행복이라는 환영을 향해, 미래를 향해 달려가야 했다. 행복을 좇는 공허한 여정은 끝나지 않을 것 같았다. 언젠가 그 질문을 다른 질문으로 바꿔 보았다.

'오늘의 나는 누구인가?'

내 평생 이보다 더 심오하고 철학적인 질문은 없었다. 과거와 미래의 자아상 안에 갇혀 있던 나를 거기서 벗어나게 한 감사한 질문이다. 그것을 반복해서 물으며 나는 어제나 내일이 아니라 현재에 있을 뿐이라는 사실을 가슴으로 알 수 있었다.

'이것만 이루면 행복할 거야' '이것만 하면 행복할 거야' '이것만 가지면 행복할 거야' '요가원이 더 넓어진다면 행복할 거야' '회원 수가 늘어난다면 행복할 거야' '조금 더 유명해지면 행복할 거야' '사랑하는 사람이 나를 다른 방식으로 사랑해 주면 행복할 거야' '돈을 조금 더 많이 벌면 행복할 거야' '커피를 마시면 행복할 거야' '그때 그 실수만 하지 않았더라도 나는 행복했을 거야' '그때 그 사람을 만나지만 않았더라도 난 행복했을 거야…….'

과연 그것들이 나를 행복하게 할 수 있을까? 거기에 매달린 동안 내가 잃어버린 현재는?

'나는 누구인가?'를 반복해서 묻다 보면 피하고 싶은 현재를 있는 그대로 받아들이게 된다. 그리고 잡고 싶었던 과거와 미래의 나는 그저 환영일 뿐이라는 사실도 알게 된다. 모든 것은 현재에 있다. 현재는 나에게 살아 있는 축복과 충만한 기쁨을 선물한다.

이제 나는 허깨비에 불과한 미래의 행복을 좇지 않는다. 무의식중에 다시 망상에 휩쓸리면 요가와 명상을 통해 생각을 현재로 되돌려 놓으려고 노력한다.

힘을 빼고, 가슴을 크게 열고 받아들여 보자. 지금 여기, here and now, 이곳에서 일어나는 삶의 축제를! 우리는 이미 행복한 존재다. 단 한 번이라도 행복을 제대로 느껴 봤다면 아마 무슨 말인지 알 것이다. 바람의 촉감을, 공기의 냄새를, 땅을 디디는 발의 감촉을, 이른 아침 지저귀는 새의 소리를 그대로 느껴 보라.

니체는 말한다. 필연적으로 다가오는 운명을 기꺼이 감수하고, 오히려 이것을 긍정해 자신의 것으로 온전히 받아들여 사랑하라고. 이것만이 삶을 개척하고 창조할 수 있는 유일한 방법이라고. 고통에 저항하는 게 습관이 된 우리에겐 참 어려운 일이지만 그 받아들임의 기술이야말로 삶의 질을 높인다.

나는 고통에 저항하고 싶을 때면 밖으로 나가 태양 아래 서서 온몸이 투명해지는 상상을 한다. 그리고 모든 것이 내 몸을 관통해 흘러 지나가는 것을 상상하며 질문한다. '이 고통을 잡아 두는 것은 누구인가?'

답은 이미 내 안에 있다. 그러므로 니체의 말을 다시 한 번 주문 삼아 외쳐 본다. "우리 모두 아모르 파티 Amor fati(라틴어로 '운명을 사랑하라'는 뜻)!"라고.

끌어당김의 법칙

한때 '대통령 심리 테스트'가 유행했다. 간단한 퀴즈를 풀면 나와 비슷한 성격을 가진 대통령을 알려 준다. 테스트를 통해 잘 알려진 대통령들의 잘 몰랐던 특징을 알 수 있다는 게 재미있었는데 나는 테스트 결과, 오바마 대통령이 나왔다. 심심풀이로 한 심리 테스트일지라도 막상 결과가 나오면 '잘 맞네, 안 맞네' 하고 의견이 분분하다. 나는 곧잘 '잘 맞네' 쪽으로 결론을 내리는 편인데 일종의 끌어당김의 법칙이 작용했다고 생각하기 때문이다. 나도 모르는 내 성향이 결과를 끌어당겼달까?

끌어당김의 법칙이란 강연자이자 작가인 에스더 힉스Esther Hicks와 제리 힉스Jerry Hicks 부부가 공동으로 저술한 책《유인력 끌어당김의 법칙》을 통해 영적 지도자들의 메시지를 체계적으로 정리한 개념이다. 가장 강력한 우주 법칙인 끌어당김의 법칙에 따라 원하는 것을 생각하고 거기에 집중하는 것만으로도 그것을 자신에게 끌어올 수 있다고 믿는다. 내가 심리 테스트 결과를 유쾌하게 받아들인 것도 오바마의 성향에 비추어 나를 객관적으로 들여다볼 수 있었기 때문이다. 무의식적인 내 성향의 일면이 결과에 담겨 나온다고나 할까?

그렇다면 심리 테스트 결과에 거부감이 들 때는 왜 그런 것일까? 답은 하나다. 자신에 대한 판단이 확고해 그 틀을 깨는 답을 용납할 수 없는 것이다. 심리 테스트를 예로 들었을 뿐 다른 상황에서도 마찬가지다. 우리는 스스로 규정한 이상적인 이미지에서 쉽게 벗어나지 못한다.

하지만 인간은 변화한다. 자신에 관해 얼마든지 새로운 가능성을 제기해 볼 수도 있지 않을까? 얼마나 더 완벽한 이상형에 일치해야만 나를 받아들이고 사랑할 것인가?

요가와 명상을 통해 본연의 나를 바라보기 시작한 뒤로 내가 끌어당기는 모든 것이 달라졌다. 만나는 사람들, 나누는 대화의 주제, 하루를 보내는 방법, 세상을 바라보는 관점 등등. 나와 오래 함께 수련한 회원들 역시 영혼의 끌어당김으로 맺어진 인연일 것이다. 긍정적이고 순수한 마음으로 나를 찾아온 사람들은 나의 좋은 에너지를 끌어당겨 그것을 채워 간다. 반대로 가슴의 끌어당김이 아닌 머리로 판단하거나 부정적인 마음으로 찾아온 사람들은 그에 합당한 부정적인 에너지를 덧붙여 간다. 관계든 직업이든 꿈이든 모든 건 자기 영혼이 공명해서 마음 깊이 원하는 것이라야 즐겁게 임하고 성장할 수 있다.

하지만 때때로 우리는 선택을 앞두고 자연스러운 끌어당김보다 현혹의 말을 따른다. '그래야 할 것 같은데?' '그래도 이게 좋은 거니까.' '좋은 기회 아니야?' '이거 안 하면 안 될까?'

이는 우리 자신을 속이고 우리 안의 에너지를 빼앗기 위한 거짓자아의 속삭임이다. 정말로 본심이 끌어당긴 것들은 이런 현혹의 말을 하지 않는다. 그러므로 영감을 불러일으키고 진심으로 당신을 끌어당기는 일들을 하라. 그게 당신의 에너지를 최고로 끌어올릴 수 있는 유일한 방법이다. 더 이상 당신의 마음을 울리지 않거나 사랑하는 마음에서 멀어지게 하는 것이 있다면, 멈추기를 조심스럽게 권한다.

나는 더 이상 내 영혼이 공명하지 않는 것들은 택하지 않기로 했다. 삶의 모든 순간이 내가 원하는 대로만 흘러갈 수는 없을 것이다. 가끔 판단이 헷갈릴 때도 있고 직관이 무뎌질 때도 있으니까. 그럴 때 현혹의 말들에 휩쓸리지 않고 중심을 잘 잡는 게 중요하다. 원치 않는 돌발 상황이 찾아오면 저항하지 않고 그냥 스쳐 갈 수 있도록 가슴을 활짝 열어 둔다. '왔다가 지나가십시오.' 하는 속삭임과 함께.

욕망에 끌려 다니는 것이 아니라 직감에 따라 택하는 것이야말로 진정 우리가 원하는 삶의 방향일 가능성이 크다. 그렇게 살아야 삶의 만족도가 높다. 내가 무엇을 끌어당기고 있는지 인식하고 그것에 책임을 다해 보라. 다가오는 기회를 긍정적으로 받아들이면서 자연스러운 흐름을 만들어 보라. 레이더 세우고, 각자의 직감대로!

삶이 드라마틱하게 변할 수 있을까?

내 삶은 표면적으로 드라마틱하게 변했다.

외부의 시선과 평가로 뒤덮인 화려한 패션 업계와 방송 업계에서 10년 넘게 경력을 쌓다가 내면을 돌보는 요가와 명상 지도자로 살아가기로 한 것은, 현실에서는 꽤나 이슈가 된다. 사람들의 반응은 대체로 비슷했다. 마치 내가 절이나 수녀원에 들어가겠다고 선언이라도 한 것처럼 놀라워 했다. 하지만 나는 예전에도 영적인 길을 추구했었고 회사 생활을 하면서도 그 끈을 놓지 않기 위해 노력해 왔으므로 스스로는 변화가 놀랍지 않았다.

20대에는 잡지 마감이 끝나면 템플스테이에 참여해 명상을 하고 꾸준히 요가를 했다. 30대에는 심리학과 정신분석학에 빠져 지냈다. 각종 심리 서적과 철학 서적을 탐독하고, 정신과 상담을 받으면서 내면을 들여다보는 데 집중했다. 그런 내가 지금 이렇게 사는 것이 이상한 일일까? 만약 내가 그런 기질이 없었다고 한들 마찬가지다. 그 누군가가 이전에 살아온 삶과 정반대의 길을 간다 해도 그것은 충분히 가능한 일이다. 사람은 무한하게 변화한다. 나는 그렇게 생각한다.

다시 화두로 돌아가 표면적으로 내 삶이 드라마

틱하게 변하긴 했다. 그러면 이런 질문을 이어서 받는다. "내면적으로는 얼마나 바뀌었냐"고, "요가를 하고 명상을 하면 더 이상 다른 사람들을 미워하지 않게 되느냐"고. 즉 표면의 삶이 동전의 양면처럼 뒤집혔듯 내면 역시 그러한 획기적인 변화를 맞았느냐는 질문이다. 안타깝게도 혹은 당연하게도 그건 아니다.

다만 이 책을 쓰면서 깨달은 게 있다면, 내가 이전보다 '우리'라는 단어를 많이 쓴다는 점이다. '나'라는 작은 울타리에서 벗어나 '우리'라는 큰 땅에 나를 풀어 두면서 진정한 자유를 맛보고 내면의 평온을 찾았다. 이는 요가와 명상으로만 가능한 것은 아니다. 요가와 명상이 분명 큰 도움이 되지만 세상에는 자연, 예술, 음악처럼 빠져들었을 때 자아를 벗어나 지고한 기쁨이나 평화와 접속할 수 있는 많은 분야가 있다. 굳이 요가만을 고집할 게 아니라 자신이 자주 하는 것, 좋아하는 것을 택해 그것을 추구하는 기쁨에 빠져들면 된다고 생각한다.

어쨌거나 마음은 여전히 스스로 원하는 안전한 자아상을 만들고, 편견과 오해라는 잣대로 세상을 판단하려 한다. 끊임없이 사람들을 이분법으로 나누고 싫어 한다. 그렇기 때문에 때때로 누군가를 향한 미움에 사로잡히는 것이 새삼스러운 일은 아니다. 다만, 미움을 느끼는 것이 문제가 아니라 자기 안의 증오와 미움을 알아차리지 못하거나, 심지어 미워하면서 미워하지 않는다고 속이는 것이 문제다. 이는 영혼과 마음이 일치하지 않는 상태다.

미워하는 마음은 에고라는 거짓자아의 작용이다. 자기 안에서 어떤 마음이 생기는 것을 그대로 인식하기만 하면 그 미움이 진정한 자기 것이 아니라는 사실을 깨닫게 된다. 감정과 자신을 분리할 수 있게 되는 것이다. 그러면 진짜 내가 그 사람을 미워하는 게 아니라 에고의 생존 본능과 욕구에 따른 것이라는 사실도 깨닫게 된다.

자기 마음을 잘 알아차리면 그 마음을 조절할 수 있다. 미움을 잘 다독여 흘려보낼 수 있다.

'말은 참 쉽다!' 누군가가 이렇게 말할 것만 같다. 맞다. 사실 얼마 전에도 나는 미움이란 감정에 휘둘린 적이 있다.

내가 싫어했던 상사로부터 문자가 왔다. 휴대폰

번호조차 저장해 두지 않았을 정도로 싫어한 사람인데 이런 내 맘을 모르는 상사는 '네가 그립구나'라는 다정한 말을 담아 문자를 보냈다. 눈으로 그 글자를 읽었지만 마음은 받아들이지 못했다. 그래서 '잘 지내시나요? 떠올려 주셔서 감사합니다. 지금 있는 곳에서는 팀원들에게 따뜻하게 잘 대해 주세요'라는 뼈 있는 말로 답장을 보내고 말았다. 상대가 상처받을 것 같았지만 불편한 마음을 숨길 수 없었다. '그러니까 있을 때 잘하지!'

만약 내가 상대에게 미움의 화살을 쏠 게 아니라 내 마음의 상태를 진단했다면 어땠을까? '내가 아직도 그 사람을 미워하느라 편견을 내려놓지 못하는구나'라고 알아차렸다면 조금 다른 행동을 할 수도 있었을 텐데 말이다.

하지만 이미 미움의 화살은 출발한 뒤였고, 맘이 찜찜했지만 애써 모른 척하려고 애썼다. 공교롭게도 그날, 내가 일부러 멀리했던 또 다른 사람에게서도 연락이 왔다. 그는 예전과 다름없이 조언이랍시고 이래라저래라 하는 훈수를 뒀고 이번에는 아예 답장을 하지 않았다. 이상하게도 시련은 계속됐다. 그다음 날에도 그다지 좋아하지 않는 사람이 나를 찾아와 마음에 거친 물결을 일으키고 돌아갔다.

대체 무슨 일일까? 그쯤 되니 나는 일련의 사건이 이어지는 데는 이유가 있을 거라는 생각이 들었다. 갑자기 왜 계속 내가 싫어하는 이들이 몰려오는 걸까? 우연일까? 아니, 분명 내가 무의식적으로 뭔가를 끌어당기고 있다. 네가 아직도 사로잡혀 있는 미움을 끌어당겨 주마, 하고 우주가 메시지를 보내는 걸까? 아뿔싸! 그렇다. 우주는 언제나 내가 마음에 두는 것을 끌어당겨 준다! 미움이 미움을 끌어당겨 덕지덕지 미움덩어리가 된 것이다. 그리고 이는 내가 미움에 깔려 죽으라는 것이 아니라 어서 이 미움들을 털어 내라는 신호다. 편견에서 벗어나 모든 사람에게 사랑과 감사를 보내라는 신호다.

요가를 해도, 명상을 해도 마음은 계속 상황에 맞게 작용한다. 밉살스러운 사람은 밉고, 억울할 땐 화가 난다. 다만 예전보다 빠르게 마음을 알아차리고, 마음 챙김을 하고, 무의식적으로 나를 지배하는 행동과 반응을 줄여 가는 것이 내가 변한 점이다. 가슴속 사랑과 행복이 커지면 삶도 충만해진다. 내가 무엇을 끌어당기는지 의식하느냐 아니냐에 따라 삶은 현저히 다른 방향으로 흘러간다. 이어지는 선택이 모두 달라지기 때문이다. 사람들의 눈에 내 삶이 드라마틱하게 바뀐 듯 보인다면 아마 이러한 이유 때문일 것이다.

인생의 팔 할은
여전히 번민이다

요가를 하면 타인에 대한 미움이 사라지느냐, 하는 이야기에 이어 이번엔 요가를 하면 번민이 사라지느냐, 하는 주제에 대해 이야기해 보려 한다. 이번에도 너무 당연한 이야기지만 '인생의 팔 할'을 차지한다는 번민이 그렇게 쉽게 사라질 리 없다. 요가 숙련자가 되었지만 번민은 조금도 줄어들지 않았다. 특히 작은 것에도 깊게 고민하는 편인 나는, 번민을 깔고 앉아 그것을 재료 삼아 수행을 한다고 해도 과언이 아니다. 그리고 번민은 잘 받아들이기만 한다면 좋은 수행 재료가 된다.

어젯밤엔 친한 독립서점 대표를 만나서 와인을 마셨다. 이 책의 마감을 앞두고 글쓰기의 고충을 털어놓았다. 그 고충이란 다름 아닌 쓰기 싫다는 마음이 든다는 것, 자꾸만 미루고 싶다는 것. 그녀는 내 말을 듣더니, 내가 헤매고 고민한 시간과 마음을 더 솔직하게 담아 보는 게 어떠냐고 조언했고, 그 말이 나를 번쩍 깨웠다. 그리고 그날 밤 이런 꿈을 꾸었다.

친구 셋과 술을 마신다.

내가 어떤 고민을 털어놓는다. 아마 내게 일어나는 일에 저항하고 통제하려는 마음에 관해 털어놓은 것 같다. 그걸 들은 친구가 이야기한다.

"우리는 영상을 찍는 큰 카메라예요. 카메라는 마음이 없어요. 그냥 찍는 거예요. 모든 것을 구분 없이.

자신의 운명을 담은 카메라에 잘못이 있나요? 이 작품이 좋고 안 좋고를 꼭 평가해야만 하나요? 뭘 찍을지 왜 그렇게 고민해요? 그게 중요해요?

그러느라 삶이 멈춰요. 그냥 삶이 이끄는 대로 살아요. 뭘 찍을지 너무 많이 생각하지 말고, 망설이지 말고, 마음에 너무 많이 담아 두려 하지 말아요.

찍히는 것들을 그냥 사심 없이 관찰해 봐요. 통제하려 들지 말고 카메라에 담기는 모든 것을 그냥 순수하게 받아들여요.

즐겨요. 카메라처럼, 말없이 묵묵하게."

꿈속 친구의 말은 내가 자신에게 하고 싶은 말이었을 것이다. 그간 부담감과 두려움 때문에 선뜻 글을 쓰지 못했던 것이다.

아무리 요가와 명상을 한들 인생의 고비 고비마다 여전히 번민하고 또 번민한다. 다만 달라진 것이 있다면 한없이 고민하고 넘어져도 다시 일어서고, 성장하는 것을 멈추지 않으려는 태도다. 지금도, 그리고 앞으로도 나는 번민을 재료 삼아 내면과 깊이 연결되고 다시 가뿐하고 기쁘게 일어날 것이다.

요가와 명상이 잡생각을 멈춰 줄 수 있을까? 고민 없이 빠른 선택을 하는 데 도움이 될까? 아니다. 마음과 생각은 계속 나에게 말을 걸어온다. 다만 그것을 한 발짝 멀리 떨어져서 바라보고 관찰하며 나와 친해지는 법을 배울 뿐이다. 매번 카메라처럼 저항 없이 자신을 찍고 관찰하고 지나간 것을 담아 두지 않는 연습을 한다. 묵묵하게 삶을 받아들이는 법을 배워 나간다.

어느 아침의 명상

'고요한 영혼에서 우러나온 것이 아니면 한 문장도 쓰고 싶지 않다.'

요즘은 내면에서 이런 소리가 들린다. 영혼과 마음이 갈등을 일으키는 날에는 글의 진도가 잘 안 나간다. 오늘은 어쩐지 영혼과 마음이 조화로운 날이다. 기쁨과 사랑의 물을 듬뿍 주어 영혼이 만개한 장미 꽃잎처럼 편안하고 고요한 날에는, 무언가 쓰고 싶어진다.

고요하게 아침 명상을 하면서, 세상의 목소리로 나를 판단하려는 무의식적 습관을 알아차리고 내려놓았다. 내가 시끄러운 외부의 목소리를 똑똑히 인식하고 바라보자 그것은 비빌 구석을 찾으려는 듯 맘속을 맴돌더니 이내 도망가 버린다.

자신을 사랑한다는 것은 무엇일까? 고유한 개성을 온전히 이해하고 모든 결점과 그림자를 아울러서 있는 그대로의 자신을 받아들이는 것이다. 자신에 대한 사랑은 무조건적이어야 한다.

나를 사랑하는 날에는 영혼이 편안하다. 남의 목소리를 좇느라 눈먼 사람처럼 헤매다 세상의 유리창에 부딪힌 날이면, 마음이 영혼과 보조를 맞추지 못한다. 외부의 목소리에 길든 보통의 삶에서 영혼의 목소리를 눈치채기는 어렵다. 영혼의 목소리를 잘 듣기 위해서는 더 고요해져야 한다.

고요한 순간에는 영혼의 목소리가 들린다. 음성이 크지는 않지만 나름의 방식으로 우리에게 정확한 신호를 보낸다. 원치 않는 일을 할 때, 원치 않는 사람을 만날 때, 원치 않는 수많은 선택을 할 때, 영혼은 우리에게 다양한 방법으로 신호를 보낸다. 다만 우리가 보려 하지 않고 들으려 하지 않으며 느끼지 못할 뿐이다.

그 신호를 놓치지 않으려면 늘 의식을 깨우고 선명한 마음으로 관찰해야 한다. 맑은 마음, 고요한 상태, 나의 존재에 사랑과 기쁨의 물을 주는 것, 그것 말고 우리가 해야 할 더 중요한 일은 없다. 성공을 좇느라, 남들 보란 듯이 사느라, 숨 가쁘게 달려가느라 놓친 것들이 바로 가장 중요한 것들이다.

그러는 사이 나는 어디에 있는가? 세상의 기준에 욱여넣느라 구겨진 영혼과 마음은 어디에 있단 말인가? 언제든 내가 그것을 돌보기만 하면 시들어 있던 영혼의 장미가 활짝 다시 필 것이다. 마음과 영혼의 부조화는 결국 그 사람의 외면과 내면으로 드러난다. 자신을 진정으로 사랑하는 사람과 사랑하지 않는 사람은 밖에서건 안에서건 결국 표가 난다.

영혼이 하나가 된 춤

우리 요가원의 기도 재단에는 앙리 마티스의 〈댄스Dance〉라는 작품이 붙어 있다.

몇 년 전, 회사를 그만두기로 하고 열흘간 홀로 파리 여행을 떠났을 때다. 진종일 마음속을 들여다보느라 번화가를 뒤로하고 조용한 갤러리나 카페를 전전했다. 그러다 앙리 마티스의 〈댄스〉라는 그림을 만났다. 남녀가 구분되지 않는 몸, 어떤 치장도 하지 않은 순수한 나체의 존재들이 자연에서 기쁨의 춤을 함께 추는 장면. 그림을 감상하는 동안 몸과 가슴에서 뭔가 뜨거운 것이 울컥 올라왔는데, 오랫동안 갈망하고 그리워한 존재를 만난 것 같은 반가움이었다.

'자유' '연결' '하나 됨'과 같은 말들이 떠올랐고, 그것이야말로 내가 바라는 궁극의 상태라는 생각이 들었다. 물질 세계 안에서는 어려울지라도 정신 세계에서는 반드시 실현하고 싶은 이상향이자 일종의 춤이었다.

몇 년간 수련자로 살면서도 내가 과연 그러한 이상향에 도달할 수 있을까, 나의 이상향을 실현할 수 있을까 하는 의심이 들었다. 하지만 시간이 흐르면 흐를수록, 몸으로 나를 느끼고 알아갈수록, 그 의심이 사라진다. 마치 누군가가 나를 이상향의 춤사위로 이끌기라도 하듯, 나는 자유롭게 세상과 연결되어 타인과 하나가 됐다.

마음 아픈 사람들이 내게 몰려오면 그들을 위해 치유의 힘을 발휘한다. 가끔은 역부족이라 느낄 때도 있고, 진심으로 치유하기 어려울 때도 있다. 마음으로는 공감하고 연민하면서도 행동은 그와 다르게 나오기도 한다. 마음과 몸의 상태가 일치하지 않는다는 것은 여전히 거짓자아의 목소리에 휘둘리고 있다는 뜻이다. 돌발적인 사건이 일어날 때면 상황에 집착하기보다 내면으로 더 깊이 파고든다. 질투나 편견, 부정적인 생각이 들 때마다 거짓 목소리를 알아차리고 흘려보낸다. 고통스러울 때가 많지만 시간이 흐르면서 이 모든 것이 나를 향한 선물이라는 것을 알게 됐다. 내가 그토록 원한 영적 성장의 기회가 주어진 것이다.

그간 나를 위해 해 온 기도도 어느새 모두를 위한 기도로 바뀌었다. 변화는 매우 자연스러웠다. 가슴에서 우러나온 치유와 사랑 덕분이었다.

그 예전, 나는 춤추는 그림 하나를 본 후 이런 삶을 꿈꿨다. 그 그림 포스터를 사 와 요가원을 열자마자 재단에 붙였으며, 기쁨과 치유의 통로가 되기로 마음 먹었고, 어느새 진정 그러한 삶을 살고 있다.

이제 나는 진심을 다해 우리를 위해 기도한다. 진심을 다해 공감하고 연민하며 우리가 다 함께 손잡고 춤추기를 기도한다. 타인의 아픔이 나의 아픔이 되고 타인의 기쁨이 나의 기쁨이 되길 바란다.

우리는 함께 나아져야만 한다. 혼자서는 나아지지 않고 그럴 수도 없다. 진실된 마음으로 함께한다면, 우리 모두가 기쁘게 영혼의 춤을 추게 되리라고, 나는 한 치의 의심 없이 믿는다.

에필로그

원고를 탈고해 놓고 시즌 2를 오픈한 지 꼬박 1년을 넘겼을 즈음, 집주인과의 마찰이 있어 요가원 문을 닫게 됐다. 문제의 골이 깊어져 한 달가량 요가 수업을 하지 못한 채 지냈고 정성껏 일궈 온 요가원이 막 안정되어 가던 참이라 마음이 아팠지만, 나는 연희동에서의 시즌 2를 더 이어가기 힘들다는 사실을 받아들여야 했다.

돌이켜 보면 그때는 소화하기 버거울 정도로 큰 감정의 소용돌이를 겪었지만 시간이 지날수록 마음의 품이 커져 지금에 와서는 거의 다 치유가 됐다. 감정을 마주하는 것이 아프고 그것을 흘려보내는 일이 서툴고 더딜지라도, 그런 자신을 깊이 이해하고 용서하며 편안하게 다독여야 한다는 것을 깨달았다.

이럴 때 내가 늘 떠올리는 생각이 있다. '나는 지쳐 쓰러져 있는 내 생각과 감정들의 부모다. 내가 알아차리고 잘 보듬어서 품고, 한 번 웃고 이완하고, 그것들을 품에 안고 저벅저벅 힘차게 나아가야 한다. 내가 나 스스로의 부모가 되어 주어야 한다.'

그리고 이런 의식적인 생각조차 하기 어려울 만큼 힘들 때, 우리는 서로가 필요하다. 마음이 힘들 때

누군가가 건넨 진심의 위로, 따뜻한 음식, 말 한마디가 우리를 일으킨다. 시즌 1의 어설픈 시작을, 시즌 2의 불완전한 시간을, 나는 '우리'와 보냈다. 그간 함께한 인연들에 깊은 고마움을 느낀다.

그리고 나는 지금 제주에 있다. 앞서 언급한 갑작스러운 사건이 계기가 되긴 했지만 그로 인해 새로운 삶을 열어 보기로 했다. '방구석 요가원'을 처음 시작한 지 꼬박 3년 반쯤 지난 지금, 제주에서 시즌 3을 시작한다. 이곳은 해가 지는 서쪽 시골 마을이다. 나는 늘 해가 뜨는 동쪽에 살고 싶어 했는데 왜 하필 서쪽에 자리 잡았을까? 여태 뜨는 해처럼 열정적으로 살아왔다면, 이제는 석양에게서 겸손함과 감사, 사랑을 배우고 싶어서라고 어렴풋이 짐작한다. 이곳에서는 마음을 조금 더 넉넉하게 갖고, 자연과 교감할 수 있는 시간이 많아졌다. 무엇보다 나와 깊이 마주할 수 있는 시간도 늘었다. 번잡한 도시에서 한 걸음 물러나니 쫓기는 듯한 마음도 덜하고 느리게 사는 게 불안하지도 않다.

요즘은 숲을 많이 걷는다. 숲을 천천히 살펴보기만 해도 나이 듦, 아픔, 죽음의 의미가 보인다. 땅속에서 씨앗 상태로 아주 오랜 시간을 기다렸다가 자기에게 맞는 환경이 되었을 때야 싹을 틔우고 자라난 나무들도 있다. 새나 벌레로부터 자신을 보호하려고 가시를 돋아내기도 하고, 햇빛을 보려고 열심히 뻗어 나가다가 그 가지에 넝쿨이 기어올라 양분을 빼앗기는 바람에 시름시름 앓기도 한다. 이 모든 것은 영원하지 않다. 우주의 흐름에 따라 언젠가는 모두 다른 나무로 바뀌고, 또 어떤 날에 다시 들른다면 지금과는 완전히 다른 모습의 숲이 되어 있을 것이다.

탄생과 죽음, 상생과 파괴, 이 모든 것이 우주의 순환과 흐름 안에서의 명상이다. 영원할 것 같은 우리의 삶과 존재도 다음 세대를 위한 양분이 될 것이다. 우주는 세대를 거듭하며 완전히 다른 모습이 될 것이다. 그 현상에 저항하지 않고 온전히 그러함을 받아들인다면 우리 삶은 조금 달라질 것이다. 지금 이 순간을 온전히 즐기고 삶의 기쁨을 온몸으로 만끽할 수 있을 것이다. 나는 이런 것들을, 숲에서 배운다.

어느덧 요가와 명상 수행을 한 지 10년이 지났다. 책에서 고백했듯 일종의 '밀당'을 할 때도 있었다. 하지만 이제 완전히 항복하고 요가와 명상을 온전히 사랑하며 산다. 이 시간은 쉽게 오지 않았다. 고통에 맞서 그것을 소화해 내고 나면 삶에서 마주하는 것들에 대해 한 걸음 떨어져 볼 수 있는 탁 트인 시야가 생기고, 감정적으로 가벼워진다는 것을 깨닫고부터이다.

요가 수련을 하다 보면 넘어서기 어려운 한계가 찾아온다. 그럴 때는 숨을 한 번 크게 마시고, 고통을 있는 그대로 마주해 느끼고, 힘을 빼고 이완하고 나면 조금씩 몸에 공간이 생겨 한계를 넘어서는 자신을 발견할 수 있다. 감정에서도 마찬가지다. 가시처럼 자신을 찌르는 사건을 마주할 때, 그 고통으로 들어가 숨을 크게 들이쉬고 이완하면서 그 감정이 지나갈 수 있는 자리를 만들어 준다.

정신적인 감정도 육체의 고통과 마찬가지로 아픔이 있다. '요가 하는 삶'은 그 아픔을 피하지 않고 풀어내고 넘어서는 법을 알려 주었다. 또한 '요가 하는 삶'은 사랑으로 가는 길이다. 분노와 성냄, 질투 같은 감정에 묻혀서 보이지 않았지만 원래 내 안에 있던 사랑의 씨앗, 그것을 찾기 위한 길이다.

그리고 이런 과정에서 나 자신이 그 자체로 사랑

이고 빛임을 부단히 일깨워 준 내 곁의 동반자가 있다. '어떻게 하면 더 멋있어질까? 성공할까?'를 고민하며 살던 내게 가슴속 사랑을 일깨워주고, '어떻게 하면 사람들을 더 사랑할 수 있을까?' 고민하게 만들어 준 사람, 내가 아는 사람 중 가장 맑고 아름다운 영혼을 가진 사람, 이 책을 쓰는 내 곁에 있어 준 소중한 한 사람에게 가장 깊은 감사와 사랑을 보낸다.

추천의 말

회사에 다니며 요가를 공부하는 수련자들이 '퇴사한다'는 말을 꺼내면 가슴이 철렁 내려앉는다. 그래도 버틸 수 있는 만큼 버텨 보라고, 사는 게 다 그런 거라고, 요가 선생님의 길은 멀고도 험한 길 중에 제일 험한 길이라고, 오죽하면 요가가 세상에서 가장 험한 히말라야에서부터 시작됐겠냐고 설득해 본다.

요가 선생님이 된다는 것은 단지 직업적인 선택일 뿐만 아니라 삶의 방식을 선택하는 일이다. 요가를 수련하는 수행자임과 동시에 요가를 가르치는 지도자의 삶을 살기로 다짐하는 것이다. 요가 수련자라면 어떤 길을 걸어가야 하는지 아는 것과 실제로 그 길을 걷는 것은 매우 다를 수밖에 없다. 그 길에서도 극복하기 힘든 많은 어려움들이 생기기 때문이다. 그러므로 김세아는 '요가적인 삶'을 살기로 선택한 것이다.

사실 '김세아'라는 이름은 내가 알고 있던 이름이 아니다. 그리고 책 속의 인물도 내가 알던 4년 전의 모습이 아니다. 그녀는 취미보다는 상당히 진지하게 요가를 하긴 했지만, 그 자신이 화려하게 이루어 놓은 것을 다 내려놓고 요가를 가르칠 것 같아 보이진 않았다. 그저 성공적으로 해 온 일들을 다시 하지 않겠나 하고 짐작했었다. 하지만, 그녀의 요가 이야기를 책으로 읽으며 이름과 함께 모든 것이 변한 그녀를 만날 수 있었다. 사람들을 치유로 이끄는 요가 안내자 김세아 선생님으로 거듭난 모습을 본 것이다.

《나는 요가하면서 산다》는 성공한 커리어우먼 김세아가 나로 사는 자유 속 행복을 찾기 위해 연희동 자신의 집에서 방구석 요가원 '언와인드 요가'를 운영하는 이야기로 시작한다. 요가에 대한 진지한 태도와 꾸준함으로, 아담하지만 자신의 방식대로, 세상이 만들어 놓은 기준에서 벗어나 자신이 원하는 목소리에 따라 독립 요가원을 운영한다. 그곳에서 명상과 요가를 가르치고, 찾아온 사람들이 이완할 수 있는 공간을 만들려고 애쓰지만 시시때때로 어려움을 만나고 여러 가지 갈등 상황에 놓이기도 한다. 하지만 그 속에서 요가 선생님으로 수련자들에게 길을 안내하며 계속 걸어가려는 작가의 의지와 노력이 보인다.

김세아는 "내가 감당할 수 없는 타인의 상처는 없다"라고 말하며 모든 사람의 아픔에 귀 기울이고 공감하려 한다. 화려했던 과거는 뒤로 한 채 요가 수행자로 살아가는 삶을 선택하고 스스로도 성장하며 묵묵히 걸어간다. 부디 이 책을 읽는 독자들 역시 가슴속 사랑과 행복을 키워 가며 삶이 충만해지길 기도한다.

김이현

요가쿨라 원장,
〈요가저널 코리아〉 발행인

나는 요가하면서 산다

초판 1쇄 발행 2021년 4월 5일

지은이 김세아
펴낸이 박희선
책임편집 이수빈
디자인 디자인 잔

발행처 도서출판 가지
등록번호 제25100-2013-000094호
주소 서울 서대문구 거북골로 154, 103-1001
전화 070-8959-1513
팩스 070-4332-1513
이메일 kindsbook@naver.com
블로그 blog.naver.com/kindsbook
페이스북 facebook.com/kindsbook
인스타그램 instagram.com/kindsbook

ISBN 979-11-86440-65-0 (04810)
979-11-86440-64-3 (세트)